「困ると顔が赤くなって、すぐ泣きそうになる。
昔も、私に冷たくされるたびに、こんな顔をしてたね」
背後の莉一が、鏡にさらされる航希の火照る顔を眺めながら囁く。
その声音はどこか優しく、腿を犯す行為がゆるやかになる。

illustration KATSUMI ASANAMI

illustration KATSUMI ASANAMI

くるおしく君を想う

Crazy for you

沙野風結子

FUYUKO SANO presents

KAIOHSHA ガッシュ文庫

イラスト★朝南かつみ

CONTENTS

★本作品の内容はすべてフィクションです。
実在の人物・地名・団体・事件などとは一切関係ありません。

くるおしく君を想う

プロローグ

力のある風が大気を掻《か》きまわしている。

青い夏空は、鈍《にび》色の雲のむこうへと、もうほとんど隠されてしまっていた。いまにも雨が降りだしそうだ。朝聞いた天気予報によると、今夜には関東《かんとう》地方を台風が直撃するらしい。

航希《こうき》はスニーカーを履いた足で住宅街を駆けていく。

斜め掛けしたカバンのなか、参考書や筆記用具が飛び跳ねて、重心を揺るがす。

こんなふうに頬《ほお》を真っ赤にして、半開きの口で忙しなく息継ぎしながら全力疾走しているのは、なにも雨を嫌ってのことではない。

——兄ちゃんはズルいんだ！

小学六年生の航希は中学受験にそなえ、電車で塾通いして夏期講習を受ける毎日だ。

それなのに一歳違いの兄の采登《あやと》は、いまごろきっと隣家の広くて綺麗《きれい》なリビングで「莉《り》一《いち》兄ちゃん」と一緒に大画面テレビでＤＶＤを観るか、ゲームをするかしているに違いない。ミントのいい匂《にお》いのする冷たいアイスティーでもすすりながら。

——俺だって、莉一兄ちゃんとずっと遊んでたいのにっ。

二年前、隣の大きな家に三人家族が越してきた。

志筑《しづき》莉一はそこのひとり息子で、航希より五歳年上の十四歳だった。

両親が医者だけあって、莉一はその優秀な遺伝子を受け継いでいるのだろう。都内でも指折りの、偏差値の高い中高一貫私立校に通っていた。金糸で刺繍《ししゅう》された立派なエンブレムが胸に輝くブレザータイプの制服は、彼の姿勢の綺麗な長躯《ちょうく》にこの上なく似合う。

莉一の中高の面立ちは、冷たげにすら見えるほど整っている。鼻筋は鮮やかに通り、唇はやや薄めで品のいいかたちだ。眼鏡の奥の切れ長な目、眸《ひとみ》は瞳孔ばかりが黒く見えるほどの淡色。眸と同様に色素の薄い髪は外国人みたいにやわらかな癖《くせ》がある。その癖が綺麗な流れをかたち作り、華やかさを加えるのだ。

航希は莉一に憧《あこが》れていた。

好きな芸能人の外見を真似るのと同じ熱心さで、なんとか莉一に近づこうとした。

しかし鏡に映る自分の姿は、痩《や》せっぽちで背が低く、目も髪もカラスみたいに真っ黒だ。奥二重の目はうざったいぐらい黒目勝ちで、鼻も日本人的。唇はぽってりしている。

顔立ちは整形でもしない限りどうしようもない。せめて、髪だけでも莉一の真似をしたくて、まっすぐな黒髪を貯めていたお小遣いで買ったブリーチ剤で金茶色にして、母親のコテを使って巻いてみた。結果、家族から失笑を浴びせられ、すぐさま黒髪に戻されてしまったのだった。

どうにか莉一と接点を作りたかったけれども、中学三年生と小学四年生では友達に、というわけにもいかない。それで考えに考えて、隣の家にわざと野球のボールを投げ込んで、インターホンを鳴らしてみた。

「ああ、君は隣の家の……どうしたの?」

玄関から出てきたのは、莉一だった。

夏で、莉一は黒い半袖《はんそで》のTシャツにジーンズという姿だった。そんななんの変哲もない格好でも、航希の目には眩《まぶ》しい。

「あの……あの、ボールを庭に入れちゃって」

無駄にジェスチャーをしながらもごもごと言うと、作り物っぽい微笑を浮かべて莉一が門を開けてくれた。

「探していいよ。見つかったら、この門を閉めておいて」

そう言って、家に引っ込んでしまう。

素っ気なかったけれども、それすら航希の目には「クールで格好いい」と映った。

そうやって、一ヶ月かけて十六回目にボールを取らせてもらったときだった。航希の家が二個入るぐらい広い庭、植えられた躑躅《つつじ》の下からボールを探し出して立ち上がると、

「冷たいものでも飲んでいく?」

莉一がそう声をかけてくれた。

躑躅の葉っぱを肩や頭に乗っけてハーフパンツから覗《のぞ》く脚を土で汚したまま、航希は目をぱちくりさせた。

「おいで」

リビングの開けられたテラス窓から莉一が軽く手招きする。

その指先のわずかな撓《しな》りが、意識に鮮明に焼きついた。

航希はふらふらと窓に近づくと、冷房のよく効いたリビングへとスニーカーを脱いで上がり込んだ。莉一が住んでいるのにふさわしい、映画のセットみたいな室内だった。

いかにも高級そうな、赤褐色の木目の美しい飾り棚やチェスト。繊細な織り模様に彩られた、それはそれは座り心地のいいソファ。襞《ひだ》を綺麗に寄せて括《くく》られているカーテン。

「ミントティー。すっきりするよ」

ローテーブルにロンググラスが置かれる。

煌《きら》めく琥珀《こはく》色の液体のなかでキューブ状の氷が三つ、不安定に積み重なっている。ひと口飲むと、身体がなかから浄化されるような清涼感が起こった。こういうものを普段から飲んでいるから、莉一は浮き世離れした感じに綺麗なのだと航希は納得する。

——母さんに、カルピスじゃなくてミントティーにしてって言わなきゃ。

テーブルのむこう側のひとり掛けソファに座りながら、莉一が訊《き》いてくる。

「えっと……君は、采登くんだっけ？」

グラスを両手で持ったまま、航希はショックを受ける。

采登は、ひとつ年上の兄だ。ちゃんと挨拶《あいさつ》したのは三ヶ月前に志筑家が引っ越してきたときだけだったから、小学校四年生と五年生の似たような黒い目と髪をした兄弟の見分けがつかないのも無理はないのかもしれないけれども。

「――俺、航希」

「あ、弟くんのほうか。ごめん」

「ううん。よく間違われるし」

言いながらも、航希は唇を尖《とが》らせてしまう。

莉一があまり喋《しゃべ》らないので、航希は学校のことや家のことなどどうでもいいようなことを緊張しまくりながら喋った。するとその航希の話を遮るように電話が鳴りだした。

莉一が電話に出る。

「ああ、父さん……うん、うん。大丈夫――次は、ちゃんとできるから」

父親と喋っているとは思えないような硬い声だ。

「うん、わかった。仕事、頑張って」

沈黙が落ちる。

電話は終わったようなのに、航希の眸に映る莉一は右手に受話器を握ったまま微動だにしない。まるで蝋《ろう》人形みたいで、航希は心配になってくる。ソファから立ち上がって、莉一の横に行く。

「どうしたの?」

蒼褪《あおざ》めた顔をしている莉一の、受話器を握り締めた腕に触れてみる。

本当に蝋人形になってしまったのかと思うほど、その腕は硬く強張《こわば》っていた。

「て――」

莉一が掠《かす》れ声を出した。

助けて、と言われた気がしたけれども、違ったらしい。

「もう帰ってくれないか」

「でも、でも具合悪そうだよ」

今度は拒絶の眼差《まなざ》しもセットで告げられた。

「帰ってくれ」

「…………」

家から出たものの、航希はしばらくのあいだ、莉一の家の門の前から動けなかった。莉一はどうしてあんなふうに身体を強張らせていたのだろう。なにか怖いことか、不安なことでもあるのだろうか。想像を廻《めぐ》らせているうちに段々と哀しい気持ちになってきて、航希の鼻先は赤く染まっていったのだった。

それからというもの、航希はさらに莉一のことが気になって仕方なくなった。そこで隣家の庭にボールを投げ込み、その度にミントティーをご馳走《ちそう》になるという名目で家に上がり込んだ。

けれども莉一が具合悪そうにしていたのは結局、初めのときだけだった。航希は胸に引っ掛かりを残しながらも、あの時だけのことだったのかもしれないと安堵《あんど》する。憧れている人がつらい思いをしていないのなら、それが一番なのだ。

航希はそのうち、ボールという言い訳がなくても、勇気を出してインターホンを鳴らせるようになった。そうやって緊張でうまく喋れないながらも少しずつ親しくなっていくうちに、あることに気づいた。

その気づいたことを、同じ部屋で寝起きしている兄の采登に話してみた。

「隣の家って、なんかいつも莉一兄ちゃんとお手伝いさんしかいないんだ」

采登はマンガ雑誌をめくりながら返してきた。

「親が両方とも医者だから忙しーんだろ」

「うん。けど、莉一兄ちゃん、たまに寂しそうな顔するんだ」

「ふーん」

「……ちょっとでもいいから、俺が寂しいのの穴埋めできたらいいのに」

ふと、采登が横目で視線を流してきた。その黒い眸がちかりと光る。

航希は、なんだか不安な気持ちになった。年子の兄弟で顔立ちも似ているのだけれども、采登は航希がしない毒っぽい表情をときどきするのだ――そして、航希の不安は数日後には実体化した。

いつものように莉一を訪ねていったら、すでに采登が上がり込んでいたのだ。そして、莉一とずいぶんと親しげにしていた。航希が時間と知恵を使って縮めた距離を、兄は一気に縮めてしまったのだ。兄には前々からそういうところがあった。とても要領がいいのだ。頭の回転もいいし、学校の成績もいい。

……翌年、兄は莉一と同じ中高一貫の私立校に見事合格した。

両親はべらぼうに偏差値が高い有名校に息子が受かったのが、よほど嬉《うれ》しかったらしい。学費を捻出《ねんしゅつ》するのが厳しいと言いながらも采登をその学校に進学させたのだった。ごく自然に、采登は莉一と一緒に登校するようになった。

ふたりがどんどん親密になっていくのが嫌で嫌で、航希は自分もまた同じ私立校を中学受験することに決めた。

それでこうして、小六の夏休み中、みっちりと塾通いする羽目になったというわけだ。

空で、雷が鳴りだす。

ようやく自宅に辿《たど》り着いた航希は、自分の家ではなく隣の莉一の家の黒いアイアン製の瀟洒《しょうしゃ》な門をキィッと開けた。鍵の閉まっている玄関ではなく、庭へと向かう。ここのところ、采登は大画面テレビに夢中だから、きっと莉一と一緒にリビングルームにいるはずだ。庭から急襲して、驚かしてやろうと思ったのだ。

柔らかな芝生と土を踏み締めていく。

リビングの近くにそびえ立つ槐樹《えんじゅ》の木の下まで辿り着く。

強風に、頭上の葉がざあっと翻る。今晩の台風はきっと激しいものになるのだろう。

航希は落ち着かない気持ちで、リビングルームの窓へと目をやる。

思ったとおり、ソファには采登がいた。どうやら眠っているらしく、莉一の肩に頭を凭《もた》せかけてくったりとしている。

「……」

自分と同じ、兄の黒い髪。それを、すらりとした指がそっと撫《な》でている。

航希の胸は急に、ギュウッと握り潰《つぶ》されたみたいに苦しくなった。

莉一が俯《うつむ》くようにして、采登の顔を覗き込む。もっとよく見ようとしたのか、莉一の指が采登のほっそりした顎《あご》の下に這い込み、くいと持ち上げた。

自分によく似た眠る少年の顔に、莉一の顔が重なっていく――――航希は瞬きもできずに、その行為を凝視していた。

ふいに、頭上をバタバタバタッと無数の音が覆った。雨が降ってきたのだ。大粒の雨が、

槐樹の青々と茂った葉を叩《たた》いていく。

横殴りの風に吹き飛ばされた雨が、リビングの窓ガラスにぶつかって玉砕する。その大きな音にびっくりしたように、采登にキスしていた莉一が顔を上げた。

ガラスのこちらとあちらで、視線がぶつかった。

恍惚《こうこつ》としていた莉一の表情が一変する。

莉一は采登を起こさないように立ち上がると、リビングの窓から裸足《はだし》のまま庭に下りてきた。石礫《いしつぶて》みたいに乱暴に降る雨を身に受けながら、まっすぐ航希に向かって歩いてくる。

蒼褪めた顔。険しい眼差し。かたちのいい唇は真一文字に引き結ばれている。

「……っ」

すごく強い力で二の腕を掴《つか》まれて、航希はびくりと身体を竦《すく》めた。槐樹の幹の裏側へと引っ張られる。後頭部がごつりと硬い樹皮にぶつかった。両肩を掴まれて、木にごりごりと背中を押しつけられる。

「いた……痛いっ」

「勝手に人の家の庭に入って、覗き見か?」

これまでも庭からリビングの窓を叩いて驚かせたことなど、何度もあった。それなのに今日は、まるで航希がものすごい重罪でも犯したかのように、莉一は冷たい目をしている。

怖いけれども、それと同じぐらい航希は腹を立てていた。

むしろ腹立ちのせいで泣きそうになる。

采登は、本当にずるい。

いつだって要領がよくて、外面がよくて、家でも学校でも人気者だ。なまじ似た外見をしている弟の航希は拗《す》ねたくなることばかりだ。

そして今回も、莉一をあっさり横取りされてしまった。

いとも簡単に莉一の懐に潜り込み、キスまでされて――――いや、男同士でキスをするのはおかしいと思うから、航希がそれを望んだことは一度もなかったのだけれども。

脅すように覆い被《かぶ》さっている莉一を、航希はキッと見上げた。

「……さっきみたいなの、兄ちゃんはキモチワルイって」

みんなと同じく、ころりと采登に夢中になった莉一にも、ひどく腹が立っていた。

「男同士とかってキモチワルイって、こないだ言ってた」

莉一を罰したいばかりに、そんな嘘《うそ》をついてしまった。

雨に濡《ぬ》れた眼鏡のむこうで切れ長の目が痛々しく眇《すが》められる。

「――――誰にも、言うな」

「……」

莉一の目の縁はわずかに赤くなっていた。

彼の弱みを握ったのだと、航希は確信する。

いまの莉一はきっと、自分の言うことをなんでも聞くだろう。手に入れた力を確認してみたくなる。胸がドキンドキンと高鳴る。

「言わないから……俺にも、してよ」

別にキスをしたかったわけではない。

ただ、すれば、采登と同じぐらい莉一に近づける気がした。横入りしたずるい采登に負けたくなかった。

「してくれたら、兄ちゃんにも誰にも、言わない」

莉一はわずかに下唇を噛《か》んだ。眉間《みけん》に皺《しわ》を寄せて。

なんだか嫌そうな顔のまま、莉一は航希の顎を指で押さえた。その指の感触だけで妙に心地悪いような気持ちが起こる。作り物みたいに整った顔が近づいてくる。心臓が震えた。

――……なん、か。

航希はふいに怖気《おじけ》づいた。思わず顔を背けてしまう。

「や、やっぱり、いい」

そう言って、覆い被さってくる莉一を押し退けようとしたけれども、莉一は離れてくれない。それどころか、顎を痛いぐらい掴んで、無理やり航希の顔を仰向けさせた。

「莉一兄ちゃ……やめ――」

航希のやわらかな頬に、眼鏡の細いフレームがめり込む。

唇を、表現しがたい、しっとりとした感触が覆っている。強弱をつけて、唇を唇で揉《も》まれた。莉一が深く顔を傾けると、右目の視界だけが開けた。

庭の緑は激しい雨のむこうに霞《かす》んでいる。

木の下だけ丸く空間が閉じられ、世界と切り離されていた。

むせかえる、雨と緑の匂い。

頭の芯がぐらぐらする。唇のあいだが、濡れた。なにかが口のなかに入ってくる。舌先にぬるりとした軟体が触れた。強烈な寒気に襲われて、航希はもがいた。

強くて長い腕に抱きすくめられる。

自分の口のなかを這《は》いまわっているものが莉一の舌だと気づくのには、だいぶかかった。

「ん……くふ」

やめてほしくて莉一の舌を噛んだけれども、力が入らない。

ものすごくいやらしい水音が聞こえている。両手で自分の耳を塞ぐのに、頭のなかで音は反響しつづける。

口蓋《こうがい》を埋めるように舐《な》められて、腰と膝《ひざ》が震える。しゃがみ込んでしまいそうな航希の脚のあいだに莉一は腿を深く差し込んだ。

止まらない寒気。下腹が痺《しび》れて、熱い。

罰せられているのは自分のほうなのだと、ようやっと航希は気づく。

莉一の秘密を掴んで脅したりしたから、莉一は本当に怒ってしまったのだ。

これは采登がしてもらっていたキスとはまったく違うものなのだ。

ちっとも大事にされていない。熱くて苦しくて、頭も身体もおかしくなっていく。下着の前がぬるぬるに濡れてしまっていた。

舌が抜かれ、脚のあいだから腿が退くと、航希は背中を硬い木の表皮に擦《こす》りつけながら、ずるずるとしゃがみ込んだ。尖ってしまった性器を守るように、膝を抱えて小さくなる。

莉一の汚れた裸足が遠ざかっていくのを、涙でぼやけた視界で見ていた。

1

「世良《せら》くん、田所《たどころ》さんの内容証明です……世良くん？」

やんわりした声に重ねて名前を呼ばれて、航希《こうき》は大きく瞬きをした。

「ああ、ありがとうございます」

書類を受け取ると、紺色のシングルスーツを品よく着こなしている司法書士の宮野《みやの》がなだらかなラインの眉を軽くひそめた。

「大丈夫かい？　ここ数日、ぼんやりしてることが多いようだけど」

「すみません。なんでもないです」

「宮野、こいつのことなんか心配すんな。どーせ、オンナのことでも考えてんだろ。なんてったって世良は我が園部《そのべ》法律事務所きっての爽《さわ》やかモテ男くんだからなぁ」

向かいのデスクから、先輩弁護士がふんぞり返ったまま、乱暴な口ぶりで言う。

「夏目《なつめ》さん、このあいだの合コンで世良くんが一番人気だったから拗ねてるんですか？」

「おっとり口調で、イヤなこと言うな」

宮野の指摘に、夏目が浅黒い顔をむっつりさせる。

彼は三年前までは検察官をしていた、いわゆるヤメ検の弁護士だ。検察官生活がよほどストレスだったのか、今年から園部法律事務所の一員となった航希を週に何度も合コンに引っ張りまわす。

しかし、目鼻立ちのしっかりしたかなりの男前であるにもかかわらず、元検察官の険しさが漂っているせいか、女の子たちは夏目を敬遠しがちだ。その点、身長百七十八センチ、一応「いい男」の部類に入れてもらえることの多い航希は、とっつきやすいらしい。合コンが終わるたびに、航希の携帯電話には女の子の連絡先が増えていく。

とはいえ、憧れの園部宗弘《むねひろ》弁護士の法律事務所に難関を突破して入ることができた航希には、その女の子たちの携帯番号を活用する暇などなかったが。

この法律事務所は、弁護士六名、司法書士四名、法律専門の事務員であるパラリーガル三名、そして事務員四名からなっている。

トップの園部宗弘は今年四十七歳で、医療過誤問題で大病院を相手に見事な弁論を展開して勝ちを収めたことで、一躍有名になった辣腕《らつわん》弁護士だ。百七十センチそこそこの小柄な体躯なのだが、いったん法廷に立てば、彼の声は朗々と響き、凄《すさ》まじい存在感を放つ。

航希は大学生のころから法曹界に興味を持っており、裁判所の傍聴席でたまたま園部の弁論に接したのがきっかけで、彼に傾倒していった。園部は医療過誤のスペシャリストとされているが、離婚裁判などの地味な案件にも決して手を抜かない。

出版されていた園部の著書三冊をバイブルに、航希は大学を卒業した翌年、司法試験に合格した。そして司法修習生を経て、いったん小さな法律事務所に所属した。知名度のわりに少数精鋭を掲げて雇用弁護士を増やさない園部法律事務所は、求人をおこなっていなかったのだ。

けれども諦《あきら》められなかった航希は、人脈を駆使して園部法律事務所で欠員が出るらしいという情報をキャッチし、無理やり面接してもらって、奇跡的に採用となったのだった。

いざ入ってみて、園部法律事務所の面々の有能さに圧倒された。

ヤメ検の夏目にしても、合コンづくしの軟派な日々を送りつつ、いざ仕事となれば検察官時代に鍛えられた鋭い観察眼でもって、高確率で依頼人に勝利をもたらす。司法書士の宮野は、脳が精密な機械でできているのではないかと疑いたくなるぐらい、法律や判例に精通している。

夏目は三十二歳、宮野は二十九歳だ。

自分も一日も早く彼らのようなプロフェッショナルにならなければならないと思うと、航希はプレッシャーと同時に、やってやろうじゃないか、という気持ちを掻きたてられるのだった。

この法律事務所に入ることができて、本当によかったと思っている。

——……だからこそ、どうにかしないとな。

昨夜もひっきりなしに鳴っていた電話の着信音が耳に甦《よみがえ》ってきて、思わず苦い顔をしてしまう。

「なんだ？　いっちょうまえに悩ましげなツラして。おまえ、まさかクライアントの人妻に誘われてるとかじゃねーだろうなぁ」

夏目が間髪入れずに絡んでくるが、今日はつき合っている暇はない。

「あ。このあいだの合コンっていえば、夏目さんの狙ってた子、こっそり宮野さんにメアド教えてました、よね？　宮野さん」

申し訳ないが、横に佇《たたず》んでいた宮野へと矛先を誘導する。

「……宮野ぉ」

「――確かにいただきましたけど、登録しないで捨てました」

「いいから、ちょーっとこっちに来い！」

「世良くん、君、よけいなことを」

フェイスラインにかかるさらりとした栗色の髪を軽く散らして航希のほうを向き、宮野が優しげな顔に恨みがましい表情を浮かべる。

航希は立ち上がると、愛用の革鞄《かわかばん》を手にして、爽やかな笑顔を宮野に向けた。

「すみません。俺、これから大事な用があるんで、定時上がりさせてもらいます」

張りのある声で同僚たちに挨拶して、雑居ビルの三階に入っている事務所をあとにする。

階段を駆け下りながらしかし、航希の顔は難しくなっていく。

十一月中旬の午後五時半。ビルの正面玄関を出れば、茜《あかね》色が街を染めている。

風が強い。見上げる空高く、桃色の雲が吹き飛ばされていく。

オフィス街を吹きすさぶビル風に背を押されて、航希は仏頂面で歩きだした。


「これだから水商売に部屋を貸すのは嫌なんだ。未納の三ヶ月分の家賃は、保証人のあんたがきっちり払ってくださいよ。それと荷物もとっとと引き取ってもらわないと。至急……大至急、お願いしますよ」

乱暴に部屋の鍵を開けると、マンションの管理人は巨体を揺らして去っていった。

いかにも急な夜逃げらしく、デザイナーズの高価な家具類はそのまま置かれていた。

カーテンを開ければ、夕闇に沈もうとしている新宿《しんじゅく》の姿がある。ここからなら勤めていた歌舞伎町《かぶきちょう》のホストクラブまで歩いてでも行けるだろう。

……兄の采登《あやと》とは、彼が大学を中退してホストになりたいと家を出てからというもの、年に数回顔を合わせる程度の関わり方になった。国立大学の経済学部にストレートで入った優秀な息子のフェードアウトに両親はかなり気落ちしたものだ。

しかし航希からすれば、要領がよくて人に取り入るのに長《た》けた兄にとってホストは天職なのだろうな、といったところだった。実際、歌舞伎町でも名が通るぐらい成功している。

その名うてのホストが先月末から出勤しなくなり、行方知れずになった……業界用語では「飛ぶ」というらしい。

昨夜、航希がホストクラブ「Ｎｅｒｏ《ネロ》」のオーナーから電話で聞かされた話では、月末払いのツケにしていた采登の客が支払いに現れず、采登は七百万円の借金を被《かぶ》った。月末から出勤しなかったことを考えると、その客が踏み逃げするのを采登も前もって知っていたのかもしれないという。

一ヶ月で七百万円も使う客の感覚も、使わせる采登の感覚も、航希には理解不能だった――采登を理解できないのは昔からだが。

それはともかく、まったく傍迷惑なことに、采登はマンションを借りる際に小細工をして無断で航希を連帯保証人にした挙句、「俺の弟は弁護士やって儲《もう》けてるから、俺が飛んだらここに電話してくれよ」などと冗談めかして、ホストクラブオーナーに航希の家の電話番号を渡していた。しかも電話番号を渡していたのは、オーナーにだけではなかった。客や知人にまで「俺の弟が弁護士やってるから、なんかあったら相談するといいよ」などと言って、ばら撒《ま》いていたのだ。

兄にとっては、「弟が弁護士」というのが、おのれの価値を引き上げるいいネタになっていたのだろう。そういう人間だ。

おかげで、この数日間、航希のマンションの電話は鳴りっぱなしだった。もしかすると采登本人からもかかってくるかもしれないと思ったが、電話は采登の客だった女たちからのものがほとんどだった。

「采登がどこにいるか知ってるんでしょ!?」とヒステリックに詰問してきた彼女たちの話によると、どうやら采登は身体を使う枕《まくら》営業をしていて、複数の女性客と肉体関係にあったらしい。

窓の前に佇んだまま、航希は頭痛にこめかみを押さえる。秋の落日は釣瓶《つるべ》落とし、いつの間にか室内は完全に暗くなっていた。

航希は壁の摘《つま》みをひねって、リビングのダウンライトを点《つ》けた。

——……なんで、俺が尻拭《しりぬぐ》いをさせられるんだ?

改めて考えると、ふつふつと腹立たしさが込み上げてきた。

連帯保証人になった覚えはなく、有印私文書偽造だ。そこを明らかにすれば、航希に支払い義務はない。

しかし、憧れの法律事務所になんとか入ることができて数ヶ月の身としては、身内の金銭トラブルや犯罪行為が事務所に発覚することは避けたかった。

とはいえ、ここの家賃三ヶ月分、百二十万円。プラス、ホストクラブへの七百万円。とても新米弁護士が肩代わりできる額ではない。両親にはできる限り迷惑をかけたくない。

とりあえず家具類はぜんぶリサイクルショップに売り払ってやろう。多少の金にはなるはずだ。

「バカ兄貴」

小さく悪態をついたときだった。

ガチャッとドアノブが回される音がした。玄関からだ。人の気配が生まれる。

インターホンも鳴らさずに入ってきたということは、采登だろうか？

航希は硬い表情で、玄関へと続く廊下を凝視した。重さのある足音。半ば闇に沈んだそこから長身の男が姿を現す。

意外すぎる人間の登場に、航希は瞬きも忘れた。

ぞくりとくるほど整った風貌の男。

細い銀フレームの眼鏡のむこうには、氷を思わせる透けるような色彩の眸が据えられている。筋のしっかりと通った鼻、酷薄な印象に結ばれた唇。山のはっきりした、かたちのいい眉。ゆるく癖のある髪は美しい流れを描いて整えられている。

男は優雅に曲げた左腕に濃紺のコートをかけて持ち、厚みと肩幅のあるバランスのいい体躯にいかにも自身のためだけに誂《あつら》えたらしいダークスーツを纏《まと》っていた。純白のワイシャツに、深みのある蒼地のネクタイが映える。

隙《すき》もなく、無機質で知的。

初めて会う者でもおそらく、ひと目で彼を医師だと見抜くに違いなかった。それも鋭利

なメスを握る外科医だ。

「莉一……兄ち」

莉一兄ちゃん。うっかり、小学生のころの子供っぽい呼び方を口にしかけて、航希はくっと下唇を噛んだ。

こんなふうに顔を合わせるのは、何年ぶりだろう？

志筑《しづき》莉一が航希の実家の隣に住んでいたのは、四年間だけだった。志筑家は、ひとり息子の莉一が医大に進学する直前に、都心に越していってしまった。それ以来、航希は莉一に一度も会っていなかった。

とはいえ、莉一は若き天才心臓外科医として頻繁にマスコミに取り上げられていたので、彼の姿をメディアを通して目にすることはあったのだけれども。

志筑家が越したとき十三歳と十八歳だったから、いまは二十六歳と……三十一歳ということか。

「久しぶりだな、航希」

やや苦みの混じった低音の声が、ゆるやかに部屋に響く。

「……お元気そうですね」

航希の声は隠しようもなく警戒の色を帯びる。莉一は切れ長の目をすっと細めた。

「弁護士になったそうだな。采登から聞いた」

「兄とは、連絡を取ってたんですか?」

「ああ、ときどき会って食事をしていた。采登は私にとって大切な人だからな。昔も、いまも」

冷酷そうに見える男の顔に、ふと甘やかな色が波紋のように拡がって、消えた。

「——」

航希はわずかに眉根を寄せた。

心臓がぐうっと竦み、痛んだのだ。

まるで遠い昔が、現在へと一瞬にして接合されたかのような、リアルな痛み。

会わなかった時間は長くて、莉一に対する思慕などとっくに失ったはずなのに。

昔、いつも莉一と采登の親しげな様子に胸をズキズキと痛めていたから、条件反射の痛みだけが身体に取り残されてしまったのかもしれない。

動揺を読まれないように、ちょうど目の高さにある莉一の口元へと視線をやりながら尋ねる。

「あの、兄がいなくなったのは、もう知って?」

「ああ」

「俺はホストクラブのオーナーとか客たちから電話があって知ったんだけど、あなたのとこには……」

「私は別ルートからだ」

「別ルート？」

「七百万円のツケを払わなかった客のほうだ」

意外な答えに、航希は目を上げた。莉一の眉はひどく不愉快げにひそめられている。

「兄を指名してた女の人、知り合いなんですか？」

「私の勤める病院の、理事長の娘だ」

「えっ」

「半年ほど前、采登と食事をしていたとき、店で理事長の娘の香織《かおり》さんと鉢合わせたから紹介したんだ。それから香織さんは『Ｎｅｒｏ』に通うようになって、すっかりホストクラブ——というより采登にはまってしまったらしい。そして、七百万円を踏み倒したうえに、先月末から失踪《しっそう》している」

「先月末っていうと、兄貴がいなくなったのと同じ時期だ……」

莉一はピアニストを思わせる長い指で、苛立《いらだ》たしげに髪を掻き上げた。

その仕種と手のかたちに、航希は惹《ひ》きつけられる。

あの手は美しいだけでなく、長時間の困難な手術にも耐え得る、類まれな強靭《きょうじん》さと繊細さを有しているのだ。

「采登と香織さんは、おそらく一緒にいる」

「……駆け落ちってことですか？」

「どうだろうな」

莉一が采登を紹介したことによって理事長の娘が失踪したのなら、病院内での莉一の立場はかなり難しいものになっているのではないか。

「あなたは大丈夫なんですか？」

言葉足らずなのがいけなかったらしく、莉一は質問を違う意味で捉《とら》えた。

「采登にこんなかたちで裏切られたのは、かなりのダメージだった」

衒《てら》いもないコメントだ。

航希は思わず苦笑して厭味《いやみ》を口にしてしまう。

「あなたの頭のなかは相変わらず、兄のことでいっぱいなんですね。それなら、ここにある家具、思い出に引き取ってくれませんか？　どうせなら、兄の借金もぜんぶ払ってくれたら、ありがたいんですけど」

「ああ、そのつもりはある」

あっさりと答えが返ってきて、航希はぽかんとした。

「私の家の空き部屋に家具を移して、いつ采登が戻ってきても返せるようにしておく。ホストクラブのオーナーとマンションの管理人にも、必要なだけ払ってもいいと思ってる」

——この人は、どれだけ兄貴のことを好きなんだ……。

呆《あき》れ果て、それなら勝手に尽くせばいいと思う。こちらも渡りに船だ。

「そういうことでしたら、よろしくお願いします。これ、ここの鍵ですから」

他人行儀な笑みを浮かべて、航希は鍵を掌《てのひら》に乗せて莉一へと差し出した。

すっと莉一の長い指が掌へと落ちてくる。けれど、莉一が触れたのは鍵ではなく、航希の掌の皮膚だった。そろりと擦られる。

「……っ」

ぞくっとする感覚に、航希は咄嗟《とっさ》に手を握った。鍵と莉一の指を閉じ込めてしまう。手指がかたちづくる狭い筒のなかで、男の指が蠢《うごめ》いた。筒を拡げるようにしたたかにくねり、皮膚を捏《こ》ねる。そうして抽送運動をおこなう。ゆるやかに、小刻みに、速度や角度を変えて。

あまりにも露骨で卑猥《ひわい》すぎて、航希は手指を開くことも忘れた。掌がじっとり汗ばんでくる。擦れ合う皮膚が互いに熱を孕《はら》んでいく。

大きなストローク、指が筒から抜けそうなほど引かれてから、ずるりと根元まで挿し込まれた。皮膚を重く擦られ、貫かれる。

「んっ！」

喉《のど》を短く鳴らして、びくびくっと身体を震わせてしまって、ようやく航希は我に返った。

慌てて、手を開く。鍵が掌から滑り落ち、フローリングの床にぶつかって硬い音をたてる。足腰が頼りない感じになっていて、後ろへとよろめく。背中が窓ガラスにぶつかる。息がひどく乱れていた。項《うなじ》や頬や……下肢が熱い。

夜景の広がる窓に背を凭せかける航希を、莉一は冷静な眼差しで観察した。

「表情や雰囲気は違うが、つくりは相変わらず采登と似ているな」

航希の両脇《りょうわき》のガラスに手がつかれる。

寄せられる莉一の顔を、航希は見上げる。

背中の窓が、強い風に叩かれて震えている。

「航希、取り引きをしよう」

「……とりひき?」

「私が采登の不始末をすべて引き受けよう。その代わり、采登が戻ってくるまで、君が采登の代わりをするんだ」

まだ動転しているせいか、持ちかけられている話が理解できない。眉をひそめると、莉一がわずかに憂うような表情を浮かべた。

「私は、采登がいないと生きていけない。だから、君は私の家に来て、采登の代用品になるんだ。このマンションの管理人から君が今日ここに来ると報告を受けたから、その交渉をしに来た」

「なんで、俺が……」

「ホストクラブへの借金とマンションの賃貸料、合わせて八百万円以上を肩代わりすると言っているんだ。多少の見返りを弟である君に要求して悪いことはないだろう」

「見返りって、そんなの俺には関係ないだろっ。あなたが兄貴のために払いたきゃ、勝手に払えばいい」

「あなた、なんて他人行儀だよ」

すいと莉一は唇を航希の耳元へと寄せた。

「莉一、と言ってごらん。その采登と似た声で」

甘やかな声音と吐息に、耳の産毛がざわりとする。

男の肌に染みついているものか、消毒液の匂いがかすかにしていた。それはどんなフレグランスよりも、志筑莉一という男によく似合う。

こんなふうに覆い被さられているせいで、航希は莉一とキスした十一歳のときのことを、くっきりと思い出してしまっていた。

そして、その一年後に起こった恐ろしい出来事も同時に、ありありと甦ってきた。

背骨を、熱と寒気が争い合うように這い上る。

「……あやと」

混乱をきたしかけていた航希はしかし、囁《ささや》かれた兄の名に、我に返った。

——取り引きなんて、冗談じゃない！

「どけよっ」

男の胸元を殴るようにして、航希は莉一の腕の囲いから抜け出した。

「あんたと兄貴のことに巻き込まれるのは、ご免だ」

そうだ。采登のこととなると、莉一はおかしくなるのだ。

「聞き分けがない子だな」

ゆるやかな声音には、静かな残虐《ざんぎゃく》性が潜んでいる。

航希の肌は恐怖に粟立《あわだ》った。身体は覚えているのだ。

「触るなっ！」

伸びてくる手を叩き落とし、黒い目を光らせて航希は莉一を睨《にら》み上げた。

「忘れたなんて言わせないからな。俺はあんたに――」

冷たい汗が、項を伝っていく感触。

「あんたに殺されかけたんだ」

口にしたとたん、その時の強烈な絶望感が胸にバッと拡がった。

「……ああ、そんなこともあったね」

莉一は、わずかに俯いた。そして眼鏡の梁《はり》を中指の先で押し上げた。手で半ば隠された顔、口角がわずかに引き上げられ、目元に薄い笑みが浮かぶ。

「懐かしい思い出だ」

航希はぞっとした。

逃げよう。この部屋から、この男から、すぐに逃げなければならない。

航希は震える膝に力を籠《こ》めて、莉一の横をすり抜けた。脚をひたすら前へ前へと出す。廊下を抜けて、たどたどしく靴に足を突っ込む。ドアから通路に飛び出す。

マンションのエントランスから街灯が点々とともされた夜道へとよろめき出ても、心臓の鼓動は狂いつづけていた……。

世良航希は、志筑莉一に殺されかけたことがある。

隣同士で迎えた最後の夏休みが終わろうとするころだった。その一年前の夏の日に、航希は莉一が眠る兄にキスをしているのを目撃してしまい、以降、莉一との溝は埋まらないままだった。

航希は地元の公立中学に進学していた。莉一と同じ中高一貫の私立校を受験したものの——莉一と同じ学校でないと意味がなかったから、その一校しか受験しなかった——、落ちたのだ。もし航希が受験に成功したら、学費は祖父母に助けてもらうことになっていたから、両親はむしろ落ちてホッとしたようだったが。

毎朝、采登が莉一と肩を並べて電車通学のため駅へと向かうのを尻目に、航希はひとり自転車で通学した。

——一年だけでも、莉一兄ちゃんと一緒に学校に行きたかったな…。

自転車を漕《こ》ぎながら、しょんぼりと項垂《うなだ》れるのは毎日のことだった。

莉一は、自分の秘密を掴んだ航希のことを、疎ましく思っているらしい。

航希が話しかけても、あまり喋りたくない様子をする。他の人がいる前では静かに浮かべられる微笑も、航希とふたりきりになったとたんに消える。眼鏡の奥の眸は航希を見るとき、いつも硬く冷ややかになる。

……それでも、航希は莉一に近づきたかった。

何十回もボールを志筑家の敷地に投げ込んで仲よくなったみたいに、頭を使ったり努力をすれば、もう一度近づけるはずだと信じた。

だから、いつも家政婦の作った料理をひとりで食べる莉一を夕食に招いたりした……とはいっても、航希が誘っても来てくれないから、誘うのは采登に頼んだ。その度に、采登は「誘い料」と称してレア物のトレーディングカードを航希からもぎ取るのだが、兄自身はそういう子供っぽいモノには興味がなく、高値で人に売りつけて現金に換えていた。

父母と采登と航希と莉一という食事の席、ふとした瞬間に疎ましさを滲《にじ》まされながらも、莉一を近くに見られるのが嬉しくて——。

のちに成長してから、航希は我がことながら当時のプライドもまったくなくひたすら莉一に気に入られたがっていた自分を不可思議に思ったものだ。おそらく、初めて年上の同性に憧れたという刷り込み《インプリンティング》の結果だったのだろうが。

そんなある日、奇跡が起こった。

その日も莉一は世良家で夕食を食べたのだが、「誘い料」として宝物のトレーディングカードを采登に取られてしまった航希はかなりへこんでいた。食事が終わり、いつものように莉一を見送りに門まで出たのだが。

「明日の午後、ふたりで出かけないか？」

優しさのある声で、莉一がそう誘ってきてくれたのだった。

航希はびっくりして目をしばたかせた。

「……ふたりでって、兄ちゃんは？」

「采登にも、誰にも秘密で、出かけるんだ」

莉一が微笑《ほほえ》んでいる。

航希の頬はパアッと明るくなった。莉一が、采登も抜きで自分だけを誘ってくれている。ボールを投げ込みつづけたときみたいに、この一年間の努力が報われたのだ。トレーディングカードをいっぱい采登に取られてしまったけれども、それももう全然惜しくない。

「嫌かい？」

嬉しすぎて黙り込んでしまっていた航希を、困ったような表情で莉一が覗き込む。

すごく近くに莉一の顔がある。心臓が爆発しそうになって、航希は慌てて自分の胸を掌で押さえた。

「嫌じゃない。全然、嫌じゃない。明日だね」

「雨天決行。いいね？」

「うん」

「家族にも、誰にも言ったらダメだよ」

うんうんと、航希は頷《うなず》く。

午後二時に近所の神社で待ち合わせだと言って、莉一は隣の暗くて大きい家へと帰っていった。

翌朝、航希は窓ガラスがガタガタと鳴る音で目を覚ました。カーテンを開けると、鈍色の雲が空一面にどんよりと立ち込めていた。せっかく莉一が誘ってくれたのに天気が悪いのは嫌だなと思いながらリビングに下りると、パジャマ姿の采登がソファで伸びていた。

牛乳をコップにそそいで飲みながら航希がソファへ歩いていくと、采登がテレビを指した。

「台風だってさ」

見れば、画面には暴風に煽《あお》られていまにも薙《な》ぎ倒されそうな街路樹が映し出されている。生中継らしく、レインコートを着ている意味もないぐらいずぶ濡れになった男性アナウンサーが、必死に状況を説明している。

「今年一番の大型らしいぜ。昼には東京も暴風域に入るって」

兄の声は、浮き浮きしている。地震だとか雷だとか、人が怖がるようなものが大好きなのだ。

航希は眉をハの字にして、立ったまま台風情報に見入る。

中部地方では河が氾濫《はんらん》して、行方不明者まで出ているらしい。……雨天決行と莉一は言っていたけれども、台風も雨天のうちに入るのだろうか？

「なぁに難しい顔してんだよ？」

目ざとい采登に指摘される。

「なんにも」

そう答えながら、航希はちょっと兄の鼻を明かしてやったような優越感を覚える。

いつもは航希ばかりが邪魔者扱いだが、今日は采登のほうが邪魔者なのだ。莉一は自分だけを誘ってくれたのだ。誰にも内緒で。

「……なに、今度はピカピカした顔してんだよ」

気味悪そうに言われて、航希は「だから、なんでもないってば」とぶっきらぼうに答えると牛乳を呷《あお》った。

莉一は毎朝コップ一杯の牛乳を飲んで、あんなに背が高くなったのだという。だから航希も、あまり好きではないけれども、朝一番に牛乳を飲むようにしているのだ。

昼飯のオムライスを平らげたころには屋根も吹き飛びそうな勢いでビュンビュンと風が吹き荒れていた。二階にいると、ときどき地震みたいに家が揺れる。こんななか外に出たら、どんな大怪我《おおけが》をしても不思議ではない。

それでも、午後一時四十分。航希はTシャツにナイロンの七分丈パンツ、青いレインコートという姿で、こっそり玄関から抜け出したのだった。

いざ外に出てみると、雨風の凄まじさは想像以上だった。重い向かい風を傘で押すようにして、航希は待ち合わせの神社へと向かった。普段は五分足らずで行ける場所なのに、倍近くの時間がかかった。鳥居をくぐるころには、傘を差している意味がないぐらい頭からびしょ濡れになっていた。スニーカーのなかも水びたしだ。歩くたびにぐしゅぐしゅと音がする。

航希は狛犬《こまいぬ》の前を通り過ぎて、本殿の屋根の下に入った。とはいえ、横殴りの雨がまともに直撃してくる。差した傘の柄を両手でしっかりと握ったまま、航希は莉一を待った。

莉一はなかなか現れない。

境内《けいだい》の木々はいまにも枝が幹から剥《は》がれそうなほど、全身でうねっている。どんどん心細くなっていく。もしかして騙《だま》されたのかもしれないと涙ぐみかけたころ、黒いパーカーをばさばさと翻しながら莉一が鳥居をくぐってきた。

航希は参道の石畳を、莉一に向かって走った。

「莉一兄ちゃんっ」

心細さが極限に達していたこともあって、航希は莉一の腕にぎゅうっと片手でしがみついた。見上げると、莉一はなにか哀しいような、蒼褪めた顔をしていた。

「ごめん。お手伝いさんがなかなか帰ってくれなくて、遅くなった」

「この台風……今年で一番大きいって。今日は出かけるの、やめよ」

弱音を吐くと、とたんに莉一は航希の手を振りほどいた。

「嫌なら帰ればいい。僕はひとりでも行くよ」

「え？　莉一兄ちゃん、待ってよ」

くるりと身体を返して、莉一が歩きだす。航希は慌ててあとを追った。

いま、この機会を逃したら、二度とまともに相手をしてもらえないかもしれない。空から吹き降ろしてくる暴風に妨げられながらも、航希は必死で莉一についていった。

大通りで莉一はバスに乗った。一緒に乗り込むと、ようやく振り返って、強張った顔なりにちょっと笑いかけてくれた。そして航希のバス代も払ってくれる。一番奥のシートに並んで座った。

びしょ濡れの顔を拭《ふ》きたくて服のポケットを探るけれども、ハンカチを忘れてしまっていた。仕方なく濡れた手で顔を擦る。

「……」

莉一が着ているパーカーの、ポケットを封じているジッパーをいじった。しばらくそうしてから、ジッパーを開けてハンドタオルを出し、それで航希の顔を拭《ぬぐ》ってくれた。躊躇《ためら》いがちな手つきだ。

航希の冷えきっていた身体が、ぼうっと温かくなっていく。

ありったけの勇気を出してちょっと甘えるみたいに凭れかかってみると、莉一は静かに重みを受け止めてくれた。

憧れている人の体温を感じているのが、夢みたいで。

――ずっと、こうしてたいな…。

このままふたりで、どこまでもどこまでもバスに揺られていきたい。

外がめちゃくちゃな嵐であることすら、いまはもう、莉一と一緒にいる嬉しさを際立たせるばかりだった。胸がうずうずする。父さんも母さんも采登もいらないと、本気で思ってしまっていた。

「次で降りるよ」

しかし穏やかな時間は二十分ほどであえなく終わりを告げる。

航希はまた狂ったような雨風のなか、莉一を追いかける羽目になった。

長い上り坂を歩かされた。民家は次第に姿を消し、左右に高木が鬱蒼《うっそう》と茂る湾曲する道を、延々と歩いていく。枝が風に折られるバキバキッという音が、あちこちから聞こえてくる。まるで航希を荒れ狂う木々のなかに置いていこうとするかのように、莉一の歩調は速い。

傘を盾みたいに前に傾けて歩いていた航希は、突然立ち止まった莉一にぶつかって足を止めた。

「見てごらん。街がぐちゃぐちゃだ」

促されて、傘の角度を変える。青い傘の縁から景色が広がっていく。

航希は思わず息を呑《の》んだ。

いま自分たちがいるのは高台にある公園だった。木で組まれた柵のむこうには、嵐になぶられる灰色の街が横たわっている。右手のほうでゆるく湾曲している川は氾濫し、道路に流れを拡げていた。街を封じ込める厚い雲は、墨の濃淡で描かれた蛇腹のようだ。

自分という存在が、どれほど無力で卑小なのかを、暴力的に突きつけられる。

思わず後ずさりする航希の腕を、莉一がぐっと掴んだ。柵のほうへと引きずられる。

高台を直撃する風は複雑な流れで刻々と風向きを変え、右から左から上から下から航希の小柄な身体を嬲《なぶ》った。

「りい、ち、兄ちゃんっ、怖いっ‼」

足の裏が地面から離れてしまいそうな恐怖に、半泣きで悲鳴を上げる。航希は駄々っ子みたいに重心を落として、莉一に抗う。ぬかるんだ地面に、引きずられる航希の靴跡が線になって抉《えぐ》られる。

公園の端では二個のブランコがガシャガシャと音をたてて暴れまくり、いまにも吊《つ》っている鎖が千切れそうだ。

「や、だっ、やだ、帰る、帰るよ、もうっ」

柵が腹に当たる。航希は下を見てしまう。急勾配の、樹木も疎《まば》らな崖《がけ》。

恐怖にヒクッと身体が引き攣《つ》る。

「ねぇ、航希」

莉一が哀しげに震える声で呟《つぶや》く。

「僕はこの一年間、本当に苦しかったんだ……君が僕の秘密を言いまわるんじゃないかと思うと……男同士を気持ち悪がる采登にキスのことを言うんじゃないかと思うと、寝ても覚めても、怖くて苦しくて」

「言って、ない、兄ちゃんにも、誰にも言ってないからっ。言わないから！」

「――僕は失敗できないんだ。完璧じゃなきゃ、ダメなんだ。だから采登を失えないんだ」

航希の言葉が聞こえていないかのように、莉一が切羽詰った調子で呟く。

そして傘を持っている右手を空へと差し上げた。黒い傘がまともに暴風を受ける。布地が風を孕み、骨が折れそうなほど歪《ゆが》む。

パッと、莉一は手を開いた。

傘は一気に空高くへと連れ去られた。

そして新たな風に叩かれて、宙でぐるっと回転する。叩き落とされ、吹き上げられ、骨が折れ、もみくちゃにされていく。

あっという間に、傘は轟々《ごうごう》と音をたてる世界の芥《あくた》と化した。

真っ青になってガタガタ震えている航希の耳に、ずぶ濡れの顔を寄せて、莉一が言う。

「僕は医者にならなきゃいけないんだ。それには医大に受からないといけない。勉強してもしても足りないぐらいなんだ。それなのに……困ったな。僕は君のことばかり考えてる」

甘い告白にも、聞こえた。

「本当に困ってるんだ。君のことを頭から消したい。どうすれば消せると思う、航希?」

絶対に誰にも言わないから、俺は莉一兄ちゃんの味方だから——そう言いたいのに、口がかじかんだみたいになって動かない。

莉一は掴んでいた航希の右腕を離すと、次の瞬間、背後に回り込んだ。細い腰を両手で痛いほど掴まれる。

「な…に?」

「さっきの傘みたいに」

「え……」

靴の裏が、地面から離れる。

莉一に持ち上げられていた。身体が柵から乗り出す。

胃がくうっと喉元までせり上がるような感覚。

「やだやだぁっ‼」

全力で暴れる。背後の莉一を蹴っ飛ばす。

と、強い風が上空からドンと降りてきて、航希の青い傘を押した。緩《ゆる》んだ莉一の手から航希の身体が抜け落ちる。

間一髪、柵の外側には落ちなかったものの、小柄な身体はごろごろと地を転げた。泥まみれになりながら転がっていくと、ふいに右のこめかみが熱くなった。

ジャングルジムにぶつかって、ようやっと身体が止まる。

右の頬が妙に温かい。目を開ける。瞬きをする。右半分、世界が赤い。

起き上がろうとするけれども、腕にもどこにも力が入らない。頭がぐらぐらする。

どうやら頭を怪我したらしい。二メートルほどむこうに折れた太い木の枝が落ちているから、あれでこめかみを抉ったのだろう。

ばしゃばしゃと大粒の雨に全身を叩かれながら、横倒しのまま、航希は焦点がうまく合わない目で莉一を探した。

靴……黒い、バッシュ。

それが、遠ざかっていく。莉一は自分を置いていこうとしているのだ。

――そんなに。

頬を、別の熱いものが流れ落ちた。

……そんなに、俺のこと、嫌いなんだ？

死んでもかまわないほど。

……そんなに、兄ちゃんのことが、好きなんだ？

頭の怪我よりも胸のほうが、杭《くい》を打ち込まれたみたいに痛い。

心臓を両手で押さえ込んで、航希は身を丸めた。嗚咽《おえつ》が身体の奥底から突き上げてくる。

苦しく息を吸い込むたびに大量の水が口のなかに流れ込んでくる。

台風の日に、こんな高台の公園に来る物好きなどいないだろう。

もし、ここで気を失ったら、きっと死んでしまう。

………それを、莉一兄ちゃんは、望んでるんだ……。

もう莉一の姿は、どこにも見えない。

航希の意識は雨に砕かれるように消えていった。

2

「宮野《みやの》さん、会社一社設立、お疲れさまです」

腰を低くして、航希《こうき》は宮野のデスクに湯気のほわりと立つカップを置いた。昨日、夏目《なつめ》の八つ当たりの餌食《えじき》になってもらってしまったせいで、宮野は今日一日やんわり微笑しつつも、どこか冷ややかだった。こういうタイプは怒らせると案外怖いのかもしれない。

「今年から新会社法が施行されて会社設立が手軽になった分、起業絡みの案件が増えてますよね」

様子を窺《うかが》いながら話しかけると、宮野は長い睫《まつげ》を伏せてカップを口元に運んだ。ひと口飲んで、唇を少し緩める。ミルクも砂糖も少量。きちんと宮野の好みだったようだ。

「そうだね。一日あれば会社を作れるようになったからね。その分、よく事業計画も練らずに設立登記する人も増えているから、倒産件数も増える。そうしたらまた、破産処理でうちの事務所を利用してくれる。商売繁盛で、ありがたい限りだね」

「資金一円に人員一名で起業できるんだから、俺でもあさってには社長になれるんですよねぇ」

「しあさってには倒産してそうだけどね」

微笑しながらも言うことは辛辣《しんらつ》だ。やっぱりまだ怒っているらしい。

「……昨日のことは悪かったです。謝りますから、そんなに根に持たないでくださいよ」

「慰謝料を要求しようかな」

「慰謝料って……」

「今日仕事が上がってから、寅《とら》寿司で僕に奢《おご》るっていうのはどうかな?」

ふふ、と宮野が不穏な感じに小さく笑う。

「寅寿司、ですか」

宮野はこんな細《ほ》っそりした身体をしていながら、たいそうな大喰らいなのだ。しかもこの事務所から目と鼻の先にある寅寿司は、著名人ご用達の高級寿司屋だ。航希は財布の中身を思い、これはもうカード決済するしかないと腹を括る。

「わかりました。八時には仕事を上がるようにします」

そう言ったとたん、事務員の花原《かはら》実有《みう》が背後からにゅっと現れた。綺麗に内巻きされたセミロングの髪のなかで丸顔が輝いている。

「あたしにも奢ってください、世良《せら》先生っ」

「な、なんで花原さんにまで奢るんだよ」

「いいじゃないですかぁ。世良先生に奢ってもらうの、夢だったんですぅ」

絶対に嘘だ。実有の目には、大トロやウニの軍艦巻きが透けている。

「お互い、モテると苦労するね」

宮野がまた、ふふ、と笑った。


その日、航希は八時半に宮野と実有とともに事務所を出た。小雨が降っていたので、事務所の傘立てから抜いたビニール傘をそれぞれ手にしている。

ビルから出て傘を差そうとした航希はしかし、ぴたりと動きを止めた。

闇に無数の線を溶かし込むように降る雨のむこう、路肩に停められた濃紺のメルセデスからひとりの男が降り立ったのだ。彼はまっすぐ航希に向かって歩いてくる。

眼鏡も、淡色の髪も、品のいいダークカラーのスーツも、雨にしっとりと濡れていく。

「どーしたんですか、世良先生。まさか奢るのが嫌になったんじゃ……」

実有が訝《いぶか》しげに声をかけてきた。そして、近づいてくる男の存在に気づいて、驚いたように大きく息を呑む。

男が――志筑《しづき》莉一《りいち》が、目の前で立ち止まった。

「ずいぶんと待ったよ、航希」

「……」

昨夜、子供のころの莉一との恐ろしい思い出に一晩中ひどく魘《うな》された航希は、瞬きすらできずに硬直してしまっていた。

航希の様子がおかしいことに気づいた宮野が、すっと前に出た。

「うちの世良とお知り合いですか？」

宮野には一瞥《いちべつ》もくれずに航希の眸をまっすぐ見下ろしたまま、莉一が答える。

「昔からの知り合いなんです。そうだね、航希」

「申し訳ありませんが、世良はこれから僕たちと用がありますので。行こう、世良くん」

宮野がそっと腕を掴んで促す。航希は歩きだそうとしたけれども。

「君は私とくるだろう？　航希」

疑問系でありながら、それは命令だった。

「例の件で、相談をしたいんだ」

兄のことだ。

「例の件て？」

問うてくる宮野に、航希はぎこちなく視線を向けた。

「すみません。寿司はまた仕切りなおしでもかまいませんか？」

「それはかまわないけど……」

実有にも謝り、航希は莉一の半歩後ろをついて車へと歩く。自分の手が、指先が冷たくなるほど硬くビニール傘を握り締めているのに気づく。意識的に手の力を抜こうとするのに、できない。

——なにを怖がってるんだ。

あれは十四年も前のことだ。自分はもう無力な十二歳の子供ではない。莉一と比べればひと回り小柄だが、男として充分な力を持っている。弁護士という職業に就き、尊敬する人の下で働いているのだ。

名声を得ている莉一ほどではなくても、自分なりにやっているのだから胸を張っていればいい。そう自分に言い聞かせながら助手席に乗り込む。

左側の運転席へとスマートな所作で収まった莉一が、スーツのポケットから灰色のハンカチを取り出した。それが、すっと航希の顔へと寄せられる。

頬を濡らす雨を拭われて、航希は目を見開いた。

……こんなふうに、公園へと向かうバスのなかでハンドタオルで顔を拭かれた。

航希は咄嗟に莉一の手を撥《は》ね除《の》けた。

「俺に触るなっ」

「酷《ひど》いな。昔はあんなに懐いてくれていたのに」

溜《た》め息《いき》をつくと、莉一はサイドブレーキを解除して、ギアを入れ替えた。なめらかに車が雨を轢《ひ》いて走りだす。

「昔のことは持ち出さないでくれ。もう俺はあなたのことをなんとも思ってない」

自分を励ますように語気を強くする。

「わざわざ待ち伏せまでして、どういう用件だ？　兄貴のことなら、自分が処理するって言ってたじゃないか」

「それは、君が私に見返りをくれれば、という条件つきだよ」

「……兄貴の代わりをしろって話か？」

「そうだ」

「昨日も言ったとおり、俺にはそんなことをするつもりも義務もない」

「何百万円もの借金を抱えて失踪したホストが身内にいると吹聴されたら、弁護士の仕事に差し障りが出ないかな？」

脅しだ。

「園部法律事務所のほうに知られたくないとは思う。でも、知られたところで、掌返しをするような人たちじゃない」

「法律事務所の人間はそれでよくても、クライアントたちはどうだろう？　不安いっぱいで法律事務所を訪ねてくる人間が、金と女のトラブルを抱えた失踪ホストを身内に持つ新米弁護士を頼る気になるものかな？」

否定したかったけれども、実際、感情的になって法律事務所にやってくるクライアントは多い。特に離婚問題や男女問題といったケースでは、采登《あやと》のような身内がいて、それを解決できていないとなれば、マイナスの印象を与えるのは間違いない。そして口惜しいけれども、その印象を跳ね返すだけの絶対的な力量が、まだ自分にはない。

黙り込む航希の横で、莉一は微笑し、車を加速させた。


都内の閑静な高級住宅街に佇む白壁の大きな家の駐車場へと、車は滑り込んだ。助手席から降りた航希は、夜の庭に枝を広げる裸の樹木に視線を引きつけられた。

見覚えのあるかたちの木。

昔、莉一の家の庭にあったものと同じ種類——槐樹だ。

それだけでも昔の甘くも苦い記憶を刺激されるのに、広々としたリビングルームへと通された航希は思わず目を見開いた。

打ち寄せる波のような木目が美しい、赤褐色のチェストや飾り棚……そこに置かれた家具はすべて、かつて莉一の家のリビングに置かれていたものと同じだったのだ。ソファは買い換えたのか、張り替えたのかしたらしく布地は新しくなっているものの、織り柄まで寸分違わない。

時間が歪むような錯覚に、軽い眩暈《めまい》を覚える。

昔の無力で愚かな自分へと引き戻されてしまいそうで、航希はくっと手を握り締めた。意識を定かにして、強い眼差しを莉一に向ける。

「兄貴の代わりって、なにをさせるつもりだ?」

莉一は航希の全身へと視線を絡ませた。

おそらく航希のなかに采登が透かし見えたのだろう。満足げに微笑する。

「君にはここに住んでもらう」

「ここに住む? で、兄貴みたいに偉そうにしてればいいわけか?」

馬鹿らしいと鼻で嗤《わら》ってみせる。

「弁護士になっても、相変わらず、あまり頭はよくないようだな。君がどんなに真似をしても、あの特別な采登になれるわけがないだろう」

むかつきに、鳩尾《みぞおち》がぐっと軋《きし》んだ。

「じゃあ、どうしろっていうんだ?」

「場所を限定して、采登になるんだ」

「場所って?」

「寝室だ。君はベッドで、ただ静かに横になっていればいい」

「…………」

寝室でマグロになっていろ、というわけだ。そういうことかと、航希は思わず唇を歪める。

「兄貴とそういう関係だったんだ?」

「いや。采登が男はダメだと教えてくれたのは、君だろう」

十一歳のときに、航希が適当に言った言葉を、莉一はいまだに信じていたのだ。あの頃と同じように頑なに、自分の気持ちを隠したまま采登と交流しつづけてきたのかと思うと、いくらか罪悪感を覚えた。しかしどのみち、ホストをしている大の女好きの采登が男の相手をするはずもない。

「寝室では君は采登だ。采登が嫌がることを、私はできない。『采登』になっている君が本気で嫌がれば、やめる」

理解しがたいルールだ。

けれども、それなら自分にそう不利ではないのかもしれない。

莉一が変なことを仕掛けてきても、拒否すればいいだけなのだから。

人形のようにベッドに横たわる自分の横で悶々《もんもん》とする莉一を想像すると、ちょっと爽快《そうかい》な気持ちにすらなる。

こんなくだらない取り引きを持ちかけたことを、莉一に後悔させてやりたくなっていた。昔されたことの復讐《ふくしゅう》をできる、二度とない機会だ。

余裕を漂わせて確認する。

「そうしたら、兄貴のトラブルは他言しないで、俺の仕事の邪魔はしないってことか？」

「ああ。約束する」

「期限は？」

「采登が帰ってくるまでだ」

「そんな条件の曖昧《あいまい》な取り引きはできない。期限は区切ってくれ」

「では、私が肩代わりする采登の借金八百二十万円を、一日につき五万円で割ろう。およそ五ヶ月半になる」

「長いな…」

「采登が帰ってきたら、そこで終了にする」

「――わかった」

取り引きが成立する。

それから莉一に家のなかを簡単に案内された。二年前に建てたのだという家は乳白色を基調としたスタンダードな品のいい造りだが、ひとり暮らしには広すぎる感があった。部屋数はリビングを抜いても五部屋あり、上の階にも下の階にもバスとトイレがある。家政婦に定期的に入ってもらっているという。

二階の東南に位置する部屋のドアを開け、莉一はなかの明かりを点けた。

戸口に佇んだ彼が、廊下の少し離れた場所に立つ航希へと、掌をうえにするかたちで右手を軽く伸ばした。

「おいで」

期待を孕んだ声音でいざなわれて、そこが寝室なのだと気づく。

あの部屋に一歩入ったときから、自分は采登になる。莉一が渇望する人間になるのだ。

——俺に有利なルールなんだ。大丈夫だ。

顎を上げて、一歩一歩をしっかりと踏みながら、航希は莉一の横をすり抜けた。寝室に入る。キングサイズのベッドがまず目に飛び込んできた。その横のナイトテーブルには、砕いたガラスを寄り合わせたようなアールデコ調のランプが乗っている。小ぶりなライティングデスクはコーナーに寄せて置かれていた。十畳ほどの空間は、落ち着いたアースカラーで纏められている。カーテンと絨毯《じゅうたん》の色は、深い秋を思わせる朽葉《くちば》色だ。

背後でドアが閉められる音がする。

振り返ろうとした航希はしかし、背後から一気に抱きすくめられて、不覚にも身体をビクンと跳ねさせてしまった。

逞《たくま》しくて、硬さのある長い腕。それが胸と腹部に巻きついてくる。

髪に、深い吐息を感じる。

莉一は航希を抱き込んだまま、完全に動きを止めていた。息苦しいほどの抱擁。

「采登……あやと」

航希が聞いたこともない、切実な想いが溢《あふ》れ出たような声を莉一が漏らす。

背中に、荒々しい鼓動を刻みつけられている。

かつて嵐の公園で自分の命を足蹴にした男の、采登への想いがダイレクトに伝わってくる。莉一の心を覗き見しているような罪悪感と愉悦を、航希は覚えた。

触るな、と采登のように高飛車に命じることは、いつでもできる。もう少しだけ、この完璧な男の惨めな片思いを暴いてやろう。

航希は自分を抱く男のスーツの腕に、そっと掌を這わせた。

「莉一」

受け入れるような声で名前を呼んでやると、莉一はようやく動きだす。ベッドへと導かれ、座らされた。目の前に立った莉一が、その美しいかたちの手指で、航希の頭を包むようにする。髪に指を絡めながら頭を撫でる。両手が少しずつ顔へと落ちてくる。用心深く輪郭《りんかく》を辿り、そろりと鼻筋や眉に触れる。瞼《まぶた》に指が乗ってきたから、航希は目を閉じた。

まるで冷たい羽毛に顔を撫でられているようで。

きっと莉一はこんなふうに繊細なリズムで、人間の心臓を修復するのだろう。三十一歳にして、この手で何人もの命を繋《つな》いできたのだ。

顔の筋の緊張が、撫でられるごとにこそげ落とされていく。肌がやわらかく、温かく、蕩《とろ》けだす。睫の下、目の縁の粘膜をわずかに捲《まく》るようにして撫でられると、首筋がじわりと痺れた。

——……まずい。

いつの間にか頭の芯が甘く緩んでしまっていた。これ以上、触られたらいけない。目を開けなければ、と思ったときだった。

唇に、しっとりとした重みが起こる。

慌てて目を開けたときにはすでに感触は去っていた。

「……なに、した？」

「ん？」

莉一が切れ長の目を細める。透けるような色の虹彩は過剰に潤んでいる。

たった一瞬のキス。

十五年ぶりの莉一の唇に、航希の心音は情けないほど素直に乱れた。

「皺になるといけない」

莉一の手が航希のジャケットの襟をツと掴んだ。ジャケットを滑るように脱がされる。ネクタイもするりと抜かれた。それらを造りつけのクローゼットへとしまうと、莉一は自身もジャケットとベストを脱いだ。ワイシャツ越しにも鍛えられている様子がわかる、広い背中。

ネクタイを抜いて首元のボタンを外しながら、莉一が戻ってくる。

「……キスしていいなんて、言ってない」

睨んで牽制《けんせい》する。

莉一は眼鏡を外すと、ツルを丁寧に折ってナイトテーブルのうえに置き、

「悪かった。君がこうして一緒にいてくれるのが、あまりにも嬉しくて自制できなかった」

航希の前の床に両膝をついた。

あの志筑莉一が、自分に跪《ひざまず》き、許しを乞《こ》うているのだ。

立ち上がって部屋を出て行くこともできたのにしなかったのは、知らない莉一の面をもっと見てみたいと思ってしまったからかもしれない。

「わかりゃあ、いいけど」

投げやりな采登っぽい喋り方をしてみせると、莉一は航希の右手をそっと掴んだ。許してもらえたことを感謝するように、航希の指先に頬を軽く当てる。とても気障《きざ》な仕種だが、采登ならばきっと嫣然《えんぜん》と笑って受け入れるに違いなかった。

莉一が立ち上がり、ベッドに横になるようにと促してきた。

背に掌を当てられて、深い緑色をした毛織りのベッドカバーのうえにそっと仰向けにされる。頭の下にふんわりした枕を入れられた。莉一が覆い被さってくる。

「……！」

航希は目を見開いた。

重なった腰、スラックス越しに独特の硬さを感じたのだ。しかも莉一は、航希の背とシーツのあいだに腕を入れて抱き締め、より身体を密着させてくる。航希のやわらかな性

器は、質量のある硬直したものに容赦なく潰された。

「り……莉一っ」

「そんなに動かないでくれ。擦れる」

つらそうな声で指摘されて、逃げようと腰を蠢かすことで、むしろ性器を擦りつけてしまっているのに気づく。頬をカァッと熱くして腰を引こうとしたけれど、硬めのマットレスに阻まれる。ぐうっと下肢が押しつけられる。示される欲情に、航希の呼吸は恥ずかしいぐらい不器用になる。

「ちょっと待ってくれよ。これは、い」

嫌だという言葉に、莉一は言葉を重ねてきた。

「好きなんだ」

至近距離で裸眼に見つめられる。

「ずっと、好きだった」

心臓がズキッとした。

これは、本物の采登に伝えたくて、でも伝えられなかった告白だ。ひとつひとつの音に、十数年かけて溜め込まれてきた想いが凝縮されている。

受け止められなくて、航希は睫を伏せた。

「このまっすぐな黒髪も、強い目も、やわらかな唇も、健やかな色の肌も、すべて大切で、愛しくて、たまらなかった。君の言葉だけが、いつも意味をもって心に響いた」

間違ってはいけない。

これは采登に捧げられている睦言《むつごと》だ。自分にはまったく関係のない言葉だ。

「愛してる」

この感情はなんだろう?

甘くて痛くて、すごく苦しい。

航希は眉をきつくひそめて瞼をぐっと閉じた。

唇に吐息を感じる。嫌だと言わなければならない……開きかけた唇を、奪われた。深く唇が噛み合う。まるで愛の告白を続けているかのように蠢く唇。

「ん、うっ」

舌を入れられそうになって、航希は必死に男の肩を掴んだ。押し退けようとする。なんとか顔を横にずらし、濡らされた唇で喘ぐ。喘ぎながら今度こそ拒絶の言葉を口にしようとしたのに。

「キスだけで、いいんだ」

悲痛な声だった。

ぎこちなく見上げれば、額に乱れかかった髪の下で薄い色の眸が涙を刷《は》いている——莉一に、求められている。

子供のころ、欲しくて欲しくて仕方なかった、莉一の心がここにある。

「…………」

ふたたび落ちてきた唇を、航希は受け止めてしまっていた。

熱いとろりとした舌が、唇を割って入ってくる。口のなかをいっぱいにされる息苦しさに、身体が跳ねる。舌に舌が触れた。ぬるぬると舌を捏ねられると、頭の芯が揺らぐ。震える瞼が自然と落ちる。

一方的に犯されるようなキスをしているせいだろう。ひどく追い詰められていた。攻める男の性欲とは違う、どろりとした重ったるい疼《うず》きが下肢に溜まっていく。下着のなかで茎は張りを持ち、いつの間にか濡れそぼっていた。心臓に小刻みな震えが走る。

重なった唇と下腹で、互いの熱い脈動を感じている。

「ん……ふ……っん」

言葉の何十倍もの濃度で、莉一の想いは航希へと滴り落ちてきた。心と身体に強い波紋を描いて、それは浸透してくる。もうただ、浸されるほかなくて。

……自分に向けられている想いではないとわかっていながら、航希は仮初《かりそめ》の甘やかさに溺《おぼ》れさせられたのだった。

同居の期限は五ヶ月半、あるいは、采登が帰ってくるまで。

航希の務めは、寝室限定で采登の代用品になること。ただし、「采登」が本気で嫌がることを、莉一はしない。

その条件下で、航希は莉一の家にとりあえず生活に必要な荷物を移した。

莉一の渇望に負けて、初めて寝室に入ったとき唇を許してしまったせいで、なしくずしに「采登」のときだけキスをしてもいいことになってしまっていた。この十日間、唇が腫《は》れてラインがいくぶん淫らになるほど、キスを毎日のようにしている。

ひと晩に何度も何度も、好きだと囁かれる。

キスと言葉で、航希は毎回、下着が先走りでぐっしょり濡れるほど感じさせられてしまう。しかしそれは莉一のほうも同じに違いなかった。衣類の布越しに、彼のものが熱くぬるついている微妙な感触を、性器で感じていた。少しでも腰を擦りつければ達してしまえそうなギリギリのラインで、互いになんとか踏み止まっている状態だった。

そのもどかしい快楽を愉しまなかったといえば、嘘になる。

莉一といると、昔の自分に引き戻されてしまう。莉一の優しさは夢のように心地いい。囁かれる言葉のひとつひとつに心臓の鼓動は昂《たか》ぶる。

ただ、それは常に強烈な苦さと表裏だった。

莉一の優しさも甘やかさも、すべては采登に捧げられているものなのだ。航希は身代わりの器《うつわ》でしかない。

……そうわかっているのに、寝室での関係に、日常が引きずられそうになる。

しかし莉一のほうはすっぱりと割り切っているようだ。

寝室の采登と、寝室外の航希とに対する態度の、絶対的な落差。それを実感するたびに、航希の右こめかみの古傷は痛痒《いたがゆ》くなる。

惑乱させられながら重ねる日々のなか、それでもわずかずつ、莉一とのあいだの空気は緩められていっているようだった。


「俺の晩飯レベル」

ダイニングテーブルに並べられる朝食に、航希は毎朝、感心させられる。莉一は三食のうち朝食を一番大事にしている。朝に栄養を取らないとオペの集中力がもたないらしい。

今朝は、鮭《さけ》の炊き込みご飯に鶏《とり》の竜田揚げ、玉葱《たまねぎ》とじゃがいものお味噌汁、ほうれん草のゴマ和《あ》え、厚焼き玉子だ。

厚焼き玉子を箸《はし》で摘んで断面をじっと見る。薄い層が綺麗に重なっていて、しっとりした金色に潤んでいる。

「やっぱり、外科医って器用なんだな」

「くだらないことはいい。食べたら皿を食洗器に入れておくように」

航希はまだ寝巻き姿だが、莉一はすでにスリーピースをびしっと着て、ドクターズバッグを手にしている。

「わかってる。帰りは？」

「遅くなるから、家で夕食をするなら冷蔵庫のなかのもので適当にすませてくれ」

冷蔵庫には、週に二度来る家政婦がレンジで温めれば食べられるものを作り置きしてくれている。

玄関へと向かう莉一の背中を見送りながら、航希は唇を動かしかけて、やめる。

「おはよう」「いってらっしゃい」「おかえり」「おやすみ」

普通の会話はできるようになってきたにもかかわらず、日常のなんでもない挨拶や声掛けが不適切な近さのように感じられて、いまだに口にできずにいた。

玄関の開閉音。航希は時計を見る。七時二十分だ。

莉一はいつもこの時間に家を出る。

寝起きをともにしながら細切れの会話を交わすうちに、心臓外科医というものがいかに気を休めることのできない職業であるかを、航希は知った。

莉一は週のうち四日は執刀する。九時にオペを開始するのに、最上のコンディションで臨めるようにと、六時十五分に起床してシャワーを浴び、手早く和食の朝食を作り、七時四十五分には病院に到着するように家を出る。

午前と午後にひとつずつオペを手がけ、帰宅してからも術後の患者の容体を気にして、病院に電話を入れることがよくある。当直医や看護師に患者ごとの注意点を伝え、指示を出し、それでも落ち着かない表情を覗かせる。

そして患者の容体が急変すれば、真夜中でも朝方でも、車を飛ばして病院へ向かう。夜通しで再開胸手術をして、そのまま午前の施術に入ることもあるようだった。

おのれの仕事に緩みなく責任を持とうとする莉一の姿勢には、胸を打たれるものがあった。

自然と、自分も弁護士という職務にもっと誠実で真摯《しんし》にならなければならないと思わされる。実際、その引き締まった気持ちが表面化してきている。

「世良先生、なんか今日はビシッとしてますね」

クライアントを事務所のドアから送り出した航希に、実有が声をかけてきた。

「そうかな?」

「そうですよ。いまのクライアントさんも安心した顔で帰っていきましたもん。弁護士さんって若いとどうしても頼りないって思われがちなのに、すごくいい感じです」

実有は航希より一歳下だが、事務所のムードメーカーというだけでなく、あなどれない観察眼の持ち主で、事務所の人間たちは彼女の言葉を聞き流しているように見えながら、実はけっこう参考にしていたりする。

「コーヒーでも飲んでひと休みしてください。私、淹《い》れてきますから」

自分の席に戻って書類を書いていると、すぐに実有がやってくる。淹れてくれたコーヒーは、ミルク多めの甘さ控えめで、航希の味覚に自然と馴染《なじ》む。

「美味しいよ」

横に立つ実有を見上げると、彼女は真顔で言ってきた。

「美味しいコーヒーを淹れたご褒美に、志筑莉一さんを紹介してください」

急に莉一の名前を出されて、航希は危うくコーヒーを噴きそうになった。

掌を口に当ててゴホゴホと咳《せ》き込む航希の前に、実有が雑誌を差し出す。

「こないだの人、このお医者さんですよね？　『神の手を持つ、若き心臓外科医・志筑莉一が語る医局の真実』」

表紙に大きな級数で打ち出された文字を読みあげながら、実有は巻頭カラーを開いた。

そこには整った顔立ちに眼鏡をかけた、白衣の医師が写っている。

「あたし、ちょっと前から心臓関係のお医者さんのこと調べてて……」

真剣な表情で言う実有の後ろを、この法律事務所のトップ、園部宗弘が通りかかった。

彼のきっちりと梳《くしけず》られた髪にはほどよく白髪が交じっていて上品な色合いだ。英国風のスーツがしっくりと似合っている。

「あ、所長もコーヒー飲まれますか？」

「お願いできますか」

給湯室へと小走りで去っていく実有の代わりに、今度は園部が雑誌を覗き込んできた。

「ああ、仙道《せんどう》国際病院の心臓外科の方ですね。世良くんのお知り合いなんですか？」

「はい。子供のころ、家が隣同士だったんです」

「そうなんですか。奇遇ですね。実は、この志筑医師が師事している仙道国際病院心臓外科部長の真田《さなだ》教授は、私の高校時代のクラスメートなんですよ。いまでも年に何回か食事を一緒にするんですが、相変わらず覇道を突き進んで、敵が多いようです」

園部は温厚そうな奥二重の目を細めた。

「真田は高校のころから心臓外科医になると宣言していましたが、日本では論文や医局の立ち回りばかりうまい大教授が心臓手術のメスを握る。若手に機会はない。それで彼は医師免許を取ってから、医局の反対を押し切って、単身アメリカに渡ってトレーニングを積んだんですよ。そうして手伝いのようなポジションから始めて、次第に手術を任されるようになっていった。むこうで何百例もの心臓手術を手がけ、いまの仙道国際病院からオファーを受けて、帰国したんです」

なるほど、力技の覇道だ。

「自分自身が腕と気持ちでやってきたからこそ、真田はこの志筑医師の能力を見抜いて執刀させているんでしょうね。三十一歳でこれほど臨床を任せてもらえる心臓外科医は他にいませんよ」

莉一が人に認められて充実した仕事をできているという事実に、航希は嬉しさを覚えた。そして、そんな自分に苦笑して、わざと揶揄《やゆ》するような口調で言う。

「でも、それなら、こんな巻頭カラー飾ってちゃらちゃらしてたらいけませんよね」

園部はページをめくり、記事にさっと目を通した。

「いや……やはり君の隣のお兄さんは、とてもいい医師のようですよ」

「え？」

「ずっと真田が主張してきた医局の問題を、なんとか伝えようとしている。この恵まれた容姿を取っ掛かりにしてでも、ひとりでも多くの人に記事に目を通してほしいと考えたんでしょう」

「……」

「世良くんも、負けないように励まないといけませんね」

航希は胸が熱くなるのを感じながら、「はい」と力強く頷いた。

3

一貫《かん》二千円もする大トロの炙《あぶ》り焼き、きらきら輝くイクラがこぼれそうな軍艦巻き、ぽってり山盛りのウニ、脂《あぶら》の乗った穴子に……。

宮野《みやの》は寅寿司で見事な食べっぷりを披露してくれた。彼の胃はブラックホールなのではないかと疑いたくなるほど、するすると上品にして容赦なく、具がたっぷり積まれた寿司を平らげていったのだった。なにかもう蛇の丸呑みを見ているような心地で、航希《こうき》は玉子焼きとイカと赤身マグロとガリのローテーションで腹を膨《ふく》らませた。

事務員の花原実有《かはらみう》は本日デートだそうで、宮野とふたりで前回の仕切り直しとなったのだが、今月の出費は極力控えようと思うほどの額をカードで支払う羽目になった。

気落ちしながら、帰宅の電車に乗り込む。

「あ…」

吊り革に力なく掴まってなにげなく車内を見回した航希は、そこに意外な人間の姿を見つけた。相手はシートの端席に座り、ハードカバーの本に目を落としていた。

長い指が、ときおり自然な動きで眼鏡のレンズの下部を押し上げる。眉間には難しげな皺が寄せられていて、それが年齢以上の渋みを醸しだしていた。こうして斜め上の角度から見ると、高い鼻の描くラインは指でなぞってみたくなるほど美しい……そういえば、子供のころもそんなことを何度も思っていたっけと、思い出す。甘酸っぱい小さな疼きが胸に起こった。

恵まれた体躯に上質なスーツとコートを纏った理知的な男は、車両内でひどく人目を引いていた。特に女性陣はほとんど不躾《ぶしつけ》ともいえるほど、彼に見入っている。マスコミにも取り上げられることのある存在だから彼が誰なのかわかって注視している者もいるのだろうが、そうでない一見の者でも、ただその鮮やかな容姿ゆえに目を離せなくなっているに違いなかった。

降りる駅の名がアナウンスされると、彼は本をしまって立ち上がる。電車が停まり、航希と莉一《りいち》はそれぞれ違うドアからプラットホームへと降りた。

一瞬、視線が合ったような気もしたが、航希は足早に階段を上り、改札口を抜けた。夜道を歩きだす。莉一は声をかけてはこなかったが、道を曲がるときに横目で見ると、そう離れていない距離に長身が見て取れた。

ズレつづけたままのふたりの靴音が、閑静な住宅街の夜に響く。

等間隔に点《とも》っている、街灯のオレンジ色の光。濃紺の空に浮かぶ少し欠けた月。

誰かと並んで歩きたくなるような夜だ。

そんなふうに莉一も感じたのかどうかはわからないけれども、気がつくと足音がすぐ斜め後ろから聞こえていた。

ちらと見れば、どこか機嫌の悪いような表情の莉一がいる。その手に提げたドクターズバッグは、肌理《きめ》の細かい子牛《カーフ》の革に真鍮《しんちゅう》の留め金をあしらったもので、使い込まれてキャラメル色に深みが出ている。

この距離で喋らないのも不自然な気がして、

「今日は愛車通勤じゃなかったんだ？」

軽く振り返りながら航希は声をかけた。

「難しいオペのある日は、電車で行くことにしているからな」

「ああ、車だと時間が読めないから？」

「いや、単なるジンクスだ」

「へぇ。ジンクスなんて信じるんだ？」

「……」

どうやら、本当に機嫌が悪いようだ。莉一の声は乾いていて、質問に答えるのもうざったそうだった。沈黙が落ちて、声をかけるんじゃなかったと、航希は心地悪く思う。

無言のまま並んで歩いていると、ふいに莉一の携帯電話が鳴りだした。メロディもない、単調な機械音だ。

「ああ、井上《いのうえ》さんか。例の件だな？」

やや俯いた横顔に険しさが増す。報告を受ける沈黙ののち、

「それは私がオペに立ち合った看護師から聞いた話とだいぶ違っているようだが。ビデオをチェックすれば明らかになることだ。足立《あだち》先生は確かにそう言ったんだな？」

鋭い詰問口調で莉一が返す。病院での厳しい彼を垣間見た気がした。

携帯でのやり取りを終えて低く舌打ちをする莉一に、航希は窘《たしな》めるように指摘する。

「いくら天才心臓外科医でも、もうちょっと下の人間のことも考えた喋り方をしたほうがいいと思うけどな」

冷たい無表情が返ってきた。

「ずいぶんと偉そうな口だな」

ひるみそうになったけれども、航希は心を強く持つ。

同居して二週間。奇妙な関係ではあるものの、莉一に対して特に怯《おび》えなければならない場面はなかった。それどころか寝室での莉一は最愛の恋人に対するように自分に傅《かしず》く——正確には「航希」に対してではないけれども。

そんなふうに日を送るうちに、航希はかつて自分を見殺しにした莉一への恐怖心を和らげ、彼を甘く見るようになっていたのかもしれない。

帰宅して、先に風呂を使っていいと言われた航希は、なにを警戒することもなく服を脱ぎ、バスルームへと入った。小さなプラスチック製の椅子《いす》に腰掛けて頭を泡だらけにして

いると、隣接する洗面所で物音がした。横目で曇りガラスを見れば、薄らぼんやりと人影が映っている。シャンプーの泡を流すために湯船の湯を盥《たらい》で汲《く》んだのとほぼ同時だった。バスルームの折り戸がばたんと開かれた。

「な……」

突然バスルームに入ってきた莉一に驚いて、航希は思わず立ち上がった。

頭から垂れた泡が額を伝って、片目に流れ込んでくる。痛みに目を眇めながらも、航希は莉一を見つめてしまっていた。

彼もまた裸体だった。眼鏡も外していて、なぜか左手に濃紺のネクタイを握っている。まるで彫像のような、逞しくも端整な肉体。がっしりとした肩や胸板、引き締まった腰のライン、腹部に刻まれた筋肉の流れ。長い脚。その脚の付け根に垂れる大きな肉の茎。先端は、航希のものと違って、常態でも完全に露出している。

高潔さすら漂わせる男の肉体を前にして、航希は自分の肢体を情けなく感じてしまう。

「頭流したら出るから、ちょっと洗面所で待っててくれよ」

動揺を押し隠して莉一に背を向け、改めて湯を盥で掬《すく》おうとしたがしかし、次の瞬間、両手をぐっと背後から掴まれた。盥が湯船に音と飛沫《しぶき》をたてて、落ちる。

「ちょ——莉一っ⁉」

抗おうとするが、両目に泡が流れ込んでくる。思わず目をきつく瞑《つぶ》ると、両手首にネクタイを巻かれた。

「な、なにしてるっ？」

纏めて前手に拘束された両手が、ぐいと頭上へと引き上げられた。なにかに括りつけられる。手にひんやりとした鉄の感触が触れる。おそらく壁に設えられたシャワーヘッドを留める金具だ。

全裸のまま無防備な状態に陥る。目を少しでも開けると、シャンプーの泡で目が熱く痛む。

ふいに臀部《でんぶ》の丸みを、ひんやりとした手に包まれた。薄い肉を持ち上げるように撫で上げられる。航希はびくっと大きく身体を跳ねさせた。視界を奪われているせいか、感覚が鋭くなっているみたいだ。

「り、いち、ふざけるなよっ！　これ……この手のネクタイ、外せよ！」

「そんなに尻に力を入れるな」

両の尻たぶを握るように掴まれた。肉が左右に押し分けられ、狭間を剥《む》き出しにされる。

「赤くて小さな口だな」

それがどの部分への感想かに気づき、航希は項をカッと熱くした。

「ルールが違う！」

怒鳴ると、耳がぬるっと濡れた。味わうように舐められてから、コリコリと軟骨を噛まれる。

「触るなっ――俺に、触るなっ」

耳の産毛を忍び笑いがくすぐる。

なんとか閉じようと力を籠める双丘の底へと、指がするりと降りてくる。

「ここは寝室じゃない。君は『采登《あやと》』ではない――君の言葉には、なんの力もない」

「あっ！」

内臓を守る小さく窄《すぼ》まった襞を、くっと指先で押されたのだ。

「航希、脚をきつく閉じないと、指が入ってしまうよ？」

ぐりっと尻の底を押し上げられて、航希は慌てて腿を閉じた。

「……え？」

きつく合わせた腿のあいだに、なにか硬いものが挟まっている。薄い皮膚に食い込む、太い幹。ぼこりと浮かぶ筋。括れがあって、その先は力強く張っている。

棒状の熱いものが前後に動いた。

――……嘘、だろ。

怒張したペニスを素肌で挟み込まされているのだ。

「やめろっ、気持ち悪――あ？　あぁっ」

慌てて腿を開いたとたん、体内にぞっとする違和感が生まれて、航希は背を撓らせた。

浅く後孔に侵入した異物がバイブレーターのように小刻みに蠢く。どんな微細な動きも巧みにこなす、心臓外科医の指だ。

「く、ふ……抜け、よっ」

「嫌なら、脚を閉じればいい。ああ、もう第二関節まで入った。航希のなかは熱いな」

泡がゆっくりと流れ伝う顔、開いた唇にも泡が流れ込んでくる。かすかな苦みが舌に拡がる。もうこれ以上は指を進められたくない一心で、航希は脚をぎゅっと閉じた。卑猥な欲情をふたたび挟み込む。

何度も何度も嫌だと呻《うめ》くのに、莉一は自身の昂ぶりを航希の素肌で扱《しご》いた。航希はハァッ…ハァッと呼吸を荒げ、なんとか体内の指を吐き出そうと内壁をうねらせる。

「君の心臓も、こんなふうに元気にヒクついているんだろうな」

後頭部に落とされる、恍惚を滲ませたバリトン。

犯す行為そのままに、自分の内腿に擦りつけられる性器。

快楽を噛む、男の喉の音。

全身の肌が粟立った。背筋がぞくぞくする。身体の芯が、ぐつりと熟《う》む。

「ぁ、あ――うぅ……あ、ん」

自分の掠れた喘《あえ》ぎに「女」が入り混じっているのに気づき、航希は激しい動揺を覚えた。

腰を前に突き出して逃げようとしたが――。

ふいに、ザアッと水飛沫が頭上から降ってきた。

肌を乱打する水の粒。航希の心臓は一瞬、動きを止めた。

「ぁ……あ……あ」

シャワーだと頭ではわかっている。わかっているのに、あまりにもあの時の雨の感覚に似ていて。

十二歳のとき、頭から血を流したまま雨の公園に置き去りにされてからというもの、航希は雨を忌み嫌うようになった。いまはもう小雨ぐらいなら濡れても平気だが、強い雨だと傘を差していても鳥肌がたつ。

肌を叩かれる感触が似ているから、シャワーもずっと苦手だった。

水の粒に皮膚が肉が骨が砕かれて、自分が消えていってしまう。本能に深く根差した恐怖に囚《とら》われる。そして同時に訪れる、もっとも好かれたかった相手から死を願うほど憎まれた絶望感。

頭から水を被っているせいで、顔を伝う泡が流れた。ようやっと目を開けられる。

何キロも全力疾走したあとのように、航希は喘ぐ。膝も腰もガクガクしている。

白いタイル張りの壁、シャワーヘッドを留める金具のすぐ横には全身鏡が貼ってある。

そこに映る自分の姿を、航希は見てしまう。

閉じた腿の際どい場所から、張り詰めた男性器の先端がリズミカルに見え隠れしている。

そして信じられないことに、航希自身の性器もまた反り返っていた。莉一の律動とともに宙を虚《むな》しく突いている、それ。

「や……」

感じているのだ。薄い腿の皮膚を擦り上げられて、後孔に長い指を根元まで挿されて、掻きまわされて。

恐怖と絶望と欲情が境もなく入り混じり、よりいっそう航希を追い詰めていく。

「も、やめ——莉一っ」

無力な子供に還されて、航希は懇願する。

「困ると顔が赤くなって、すぐ泣きそうになる。昔も、私に冷たくされるたびに、こんな顔をしてたね」

背後の莉一が、鏡にさらされる航希の火照る顔を眺めながら囁く。その声音はどこか優しく、腿を犯す行為がゆるやかになる。指と性器がずるりと抜かれた。ようやく許してもらえたと思った。思ったのに。

「あっ!?」

航希は目を見開いた。

安堵に緩んでしまった臀部が荒く割り拡げられたのだ。両の親指が窄まりを歪めるように開く。わずかに口を開いたその場所に、なにかが押しつけられた。挿入まではされていないが、確かに接合している。

鏡のなかの莉一が喉を伸ばし、わずかに腫れた唇をちろりと舌で舐めた。切れ長の目が、愉悦に震える。

「なに……？　ぁ、やっ、やだっ!!」

どくりと接合部分から体内に流れ込んできた熱に、航希は激しく身体を戦慄《わなな》かせた。信じられない。自分のなかにどんどん射精されていく。

「あ…っ、嫌、だぁっ」

腰を捩《よじ》ろうとするのに、身体に力が入らない。

莉一はすべてを航希のなかに出した。接合が解けたと同時に、そこから白濁が溢れだす。表現しがたいショックに、航希はシャワーの留め金に括られた両手に全体重をかけるかたちで、ぐったりした。

シャワーが止められる。

手首を拘束していたネクタイが外される。

頽《くずお》れる航希の身体を、莉一は強い腕で支えた。そのまま、抱き上げられる。航希とて身長なりの体重はあるのに、莉一は大した負荷を感じていないようだった。そんなことにも男としてのプライドを傷つけられて、航希は弱くもがいた。

「……っ、う」

もがいたとたん、大量の白濁が窄まりから溢れて、床へと滴った。

恥辱に震えて動けなくなる航希を、莉一は寝室へと運んだ。

さっきまでの傍若無人さがまるで嘘のように、莉一は航希を優しくベッドの端に腰掛けさせた。航希はといえば、いまだ混乱から抜け出せていない。座っていることもままならなくて、くたりとベッドへと背中を倒した。

「采登」

呼ばれて、びくりとする。

そうだ。いまの自分は「采登」なのだ。「采登」の足元の床に、莉一は全裸のまま跪いている。腿から腰までの外側のラインを包むように丹念に撫でられた。

至近距離で、勃起を見つめられる。

「こんなにして、つらいだろう？　可哀想に」

濡れそぼった性器の表面を、吐息が撫でる。あと数センチで唇がつく距離だ。

嫌だと言う前に、莉一が先制してきた。

「大丈夫だ。君はただ横になっていればいい。すぐに楽にしてあげよう」

莉一の唇が開いて、舌が覗いた。裏筋が濡れた。舐め上げられる。括《くび》れに舌が引っかかり、段差の感触を愉しむように舌が何度も行き来する。薄皮が後退して剥き出しになった亀頭がめいっぱい腫れる。

「ひ……ぅっ、く…ん」

先走りがどくりと漏れてしまう。濡れ音が高くなる。

いま「嫌だ」とはっきり拒絶すれば、おそらく莉一は聞き届けてくれるだろう。

けれども、施される口淫を退けることが、航希にはできなかった。あと少しで果てられる、という男がもっとも弱い欲に溺れてしまっていた。

——ここにいるのは……俺じゃ、ないんだから。だから……。

自身に言い訳をしながら、航希は自分からわずかに腰の位置を変えた。莉一の唇に、先端の割れ目が当たるように。

莉一は少し驚いたようだが、さもしくヒクついている小さな孔を吸い上げた。

「っあ、あっん」

とくとくと溢れる先走りをすすりながら、莉一は白濁でべとついている航希の会陰部に指を這わせた。医師だから人体に詳しいのか、あるいは男を抱き慣れているのか、その密《ひそ》かな性感帯への指技は絶妙だった。汚された蕾《つぼみ》も、莉一の指にすぐに媚《こ》びだす。

切羽詰まった甘やかさに、航希は背を弓なりに反らした。

その宙へと突き出された胸に、莉一の左手が這った。平らな胸板を撫でられる。凝《こご》った乳首が掌に潰され、転がされる。そうして、粒をクッと親指と人差し指で摘み出された。

同時に、性器をくぷりと先端から咥《くわ》えられる。

弱い三点を一気にいたぶられ、航希はヒッ…と声を上げた。脚や腕がびくびくと跳ねる。「イヤダ」と唇を動かしたけれども、声にはならなかった。喉が震えて、頭のなかが真っ白に溶け爛《ただ》れていく。

無意識に、航希は腰をせつなく蠢かした。濡れた熱い口内の粘膜に亀頭を擦りつけ、後孔の襞で男の指先をしゃぶる。乳首を抓《つね》られると、カクカクと全身が震えだす。

「は……ぁ、出る――っ、ん……ん」

莉一の唇の奥へと、航希は忙しなく情液を爆《は》ぜさせた。

時間をかけて最後の一滴まで飲まれた。あまりに貪欲《どんよく》に吸引されたから、ようやく莉一の唇が離れたころには、航希のペニスはふたたび芯を持ってしまっていた。

性器と連動してヒクつく後孔の襞をくすぐりながら、莉一がベッドに上がってくる。顔を見られたくなくて、航希は腕で目元を隠した。心臓がどくんどくんと脈打っている。

「気持ちよくなってくれて、嬉しいよ」

耳元で囁かれる低い声の甘さに、航希は腿をきつく閉じた。その拒絶とは裏腹に、最奥の蕾は莉一にすっかり懐柔されて綻び、指を食べてしまう。

目を隠している腕の皮膚を、莉一の薄い唇がついばむ。それがひどくこそばゆくて、航希は腕を下にずらした。覗き込むようにしてくる莉一と、至近距離で目が合ってしまう。潤んだ淡い眸には慮《おもんぱか》る優しさがあった。

視線を重ねたまま、莉一は航希の体内で長い指をくねらせた。

「んっ」

航希が目を伏せると、宥《なだ》めるキスがこめかみに落とされる。

「大丈夫だから、脚を開いてごらん」

優しく唆《そそのか》されると、身体中の神経が蕩かされたようになる。胸や腹部を忙しなく喘がせながら、航希ははっきり意識しないまま、脚をわずかに開いていた。

「そう……それでいい」

重ったるい濡れ音が、脚のあいだから響く。莉一の指がなにかを探すように丁寧に内壁を辿っていく。こめかみに繰り返されるキスと、静かな指の動きに、航希は震える吐息を漏らす。と、その吐息がスッと止まった。

「ぁっ」

ひくんと全身が弾む。

「っ、ん、んんっ！」

粘膜深くに凝りがあるのが、触られているとよくわかった。快楽の源泉を直接揺るがされる。

「莉、一っ」

「なんでもしてあげたい」

繊細な指使いで、莉一がするすると凝りを撫でる。熱い蜜が身体の奥底から溢れ出す感覚。

つらくなる一歩手前の快さに翻弄《ほんろう》されて、航希は自分の脚の奥をいじっている莉一の腕に指を喰い込ませた。脚がゆるゆると動いて、感じている甘美を莉一に教える。

「君が悦ぶように、君が望む以上のことを」

言葉と指に、もう一度、頂上へと引き上げられていく。

航希は大きく息を乱した。縋《すが》るように莉一を見上げる。

莉一はとても優しく微笑んで。

「愛してるよ……采登」

激しい鼓動のなかに、冷たい刃がズンッと刺し込まれた。一瞬、呼吸が止まる。絶頂感が嘘のように心と身体から去っていく。

——俺は、なにを勘違い、して………。

すっかり混乱して、錯覚しだしていたのだ。

采登に捧げられている言葉と愛撫を、自分へのものだと。

自分と莉一の関係が、昔とは少しは変わったのではないかと。

——なにも、変わってない。

莉一は采登しか見ていない。

莉一は自分のことなど、まったく尊重してくれない。

心臓が苦しい。

「も……指、抜けよっ」

掠れ声で言う。莉一はとても素直に優しく、体内から指を引き抜いた。

いくら「航希」がやめてくれと哀願してもやめてくれず、体内に精液までそそぎ込んだ酷い男が、「采登」の小声の願いは叶える。

無性に惨めだった。

もう痛むはずもない、十四年前に刻まれた右こめかみの傷痕が、ずきずきと痛む。

航希は莉一に背中を向けるかたちで身体を横倒しにした。

「采登」

気遣いに満ちた声。背後から抱き締めてくる腕。優しい抱擁。

胸とこめかみの痛みが増していく。

狂おしいほど、痛くて、熱い。

莉一になんとか知られまいと思うのに、どうしても嗚咽は溢れ、ふたたび目に翳《かざ》した腕が濡れた……。

真昼の陽射しが降りそそぐ明るい店内は、いかにもイタリアンといった感じに緑と赤を基調に纏められている。今日の昼食は、寅寿司で奢ってもらいそこねた実有のリクエストで、事務所近くのイタリアンレストランだった。

航希はこの店で特に気に入っているメニューの、ジェノバ風リゾットを頼んだ。バジルの深みのある味わいのなか、松の実がアクセントになっていて、極上の逸品なのだ。

しかし今日はいつもの半分も味がしない。それはきっと、シェフのせいではない。自分の味覚が精神的なダウンに引きずられているのだ。

とろりとした深緑色のリゾットをスプーンで掻き混ぜて、航希は溜め息をつく。

「世良さん、なんか悩み事ですか?」

ニョッキをフォークで刺しながら、実有が訊いてくる。

「そんな不景気な顔してるかな?」

「してます。大失恋したみたいな顔」

「……失恋、か」

莉一は同性だから、彼に恋をしていると自覚したことはなかった。でも、莉一が隣に引っ越してきた小学校四年から、彼が引っ越してしまう中学一年の終わりまでのあいだ、夜も昼も莉一のことばかり考えていた。

どうやったら莉一のように格好よくなれるのか。

どうやったら仲良くなれるのか。

どうやったら采登より大事にしてもらえるのか。

もしかすると、自覚もないまま莉一に恋をしていたのかもしれない。初恋を。

嵐の公園に置き去りにされて気を失い、次に目を覚ました病院のベッドで、航希は泣きつづけた。医師も看護師も両親も、航希が怖い思いをして反省して泣いているのだと思ったようだった――彼らは、航希が好奇心から台風のなか公園にひとりで行って怪我をしたと思っていた。けれども航希は恐怖や反省ではなくて、莉一が自分を憎悪していることに打ちのめされていたのだ。

あれが初めての失恋だったのかもしれない。

二十六歳の現在まで、異性ともつき合って、恋もしたし失恋もした。だが、哀しくて頭がおかしくなりそうな想いを味わったのは、莉一のときだけだった。

そして四日前、その古傷を抉《こ》られた。

もしかすると、自分の心は懲りもせず、また莉一に傾きかけていたのかもしれない。昔の一目惚れ《ひとめぼ》にも似た思い込みだけの気持ちとは違う、仕事に真摯に取り組む志のある男に対する憧憬《しょうけい》だ。彼と親しく接することができて、いい影響を受けることができて、そうして甘い夢を見かけていた矢先に現実を突きつけられた。

自分は、采登の代用品に過ぎない。

大切に扱われるのは寝室のなかの「采登」だけで、莉一にとって航希という人間はまともに扱う必要もない存在なのだ。

それを思い知らされるのが嫌で、あの日以来、寝室でのキスも抱擁も拒絶していた。バスルームを使うときは鍵をかけた。

——あと四ヶ月半も、このままどうやっていけばいいんだよ。

溜め息を漏らしながら向かいの席を見た航希はふと眉をひそめた。

ニョッキが刺さったままのフォークを皿の端に置いて、実有は俯いていた。睫が濡れそぼっている。

「え？　あの、花原さん？」

驚いて声をかけると、実有は顔を上げた。これまで見たこともない必死な表情だ。

「お願いです、世良《せら》先生。仙道国際病院の志筑《しづき》莉一先生を紹介してください」

つぶらな目が赤くなっている。

以前、彼女が莉一の記事が載っている雑誌を手に、心臓外科手術について調べていると話していたのを思い出す。その時も莉一を紹介してほしいと言っていた。

「実はうちの弟、いま中学二年生なんですけど、心臓に病気があるんです。心房中隔欠《しんぼうちゅうかくけっ》損《そん》っていう心臓に穴が開いてる病気で……身体が大きくなるほど穴も大きくなっちゃうんです。それで近いうちに手術をしないといけなくなったんですが、弟のケースは少し特殊で、難しい手術になるらしいんです。でも、いまかかってる大学病院の先生は病状や手術の説明を面倒くさがってろくにしてくれなくて。弟も家族もずっと不安で仕方がなくて」

そんななか、先日の『神の手を持つ、若き心臓外科医・志筑莉一が語る医局の真実』という雑誌記事を目にして、もし叶うのならば莉一に執刀してもらいたいと強く願うようになったのだという。実有の気持ちはわかる気がした。自分だって、もし身内が大きな手術をすることになったら、信頼できる医師に任せたいと思うだろう。

「……莉一――志筑先生とはそんなに親しいわけでもないから、引き受けてもらえるかはわからないけど、話してみるよ」

そう答えると、実有は深々と頭を下げた。

昼食代は自分が払うと譲らなかったから、とりあえず実有に払ってもらうことにしたが、弟の手術がうまくいったら寅寿司でもフランス料理でもたらふく奢ってやろうと、航希は思った。

実有と昼食をともにした夜、航希は一階のリビングで莉一の帰宅を待った。

大画面テレビで二十二時からのニュース番組が始まって少ししたころ、メルセデスが車庫に入れられる音が聞こえてきた。航希はソファから立ち上がり、廊下を抜けて玄関へと向かう。ドアを開けた莉一は、初めての出迎えに目をしばたいた。

この三日間まったく口を利いていなかった気まずさから、なにを言えばいいかと考え、状況に合う最大限にやわらかみのある言葉を口にした。

「………おかえり」

ぼそりと言うと、少し長い沈黙ののち、

「ただいま」

と莉一が返してきた。

ありふれているけれども、再会してからは初めてのワンセットの遣《や》り取りだった。妙に照れくさいものの、空気は確実に和らいだ。これなら実有の話を切り出せそうだった。

「ちょっとリビングで、いいかな？」

「ああ？」

リビングに移動して、ソファに向かい合わせに腰を下ろす。

「もしできるなら、頼みたいことがあるんだ」

莉一が軽々しく実有の弟の手術を引き受けてくれるとは思っていない。知り合いからのこの手のオファーは山のようにあるはずだ。そのすべてを引き受けることは不可能だろう。

それでも仕事絡みのことであれば、真剣に耳を傾けてくれるに違いないと思った。

だが、莉一は眠そうな様子で瞼を閉じたまま航希の話を聞くと、

「花原陸《りく》、十四歳で、心房中隔欠損の手術だな」

そう呟いて、スーツの懐から手帳と万年筆を抜いた。手帳から紙を一枚破り、そこに文字を書く。

「ここの医者を紹介する。紹介状はこちらで送っておこう」

メモをぞんざいな手つきで航希に渡すと、莉一は部屋を出て行こうとした。

ないがしろにされて——勝手な頼みごとをした身で怒る筋合いではないとわかっているのに、無性に腹が立った。

ソファから立ち上がった航希は莉一に追いつき、彼の腕を掴んだ。

ただ莉一の腕に触れているだけで自分の鼓動が跳ね上がるのが、口惜しい。

「雑誌では神様面しといて、実際はこんなふうに適当にあしらうんだな」

「マシな医師を紹介すると言ってるのに、なにが不満だ？」

突っかかる航希へと向けられた莉一の顔はうんざりしていた。

——なにが不満だ、って……。

胸が煮えるようで、喉が震えた。これではまるで子供の癇癪《かんしゃく》だ。そうわかっているのに、抑えられない。

「もし………言ったら」

「ん？」

涙ぐんだ目で、航希は莉一を睨んだ。

「もし、寝室で頼んだら、『采登』が頼んだら、あんたはきっと自分が執刀するって言ったんだよなっ!?」

半ば怒鳴るように言うと、眼鏡の奥の眸が宙へと逸《そ》れた。一瞬にして采登へと心が飛んだのがわかった。

──もう、嫌だ。

どんなに慕って突っかかっても、肉体関係を持ってすら、莉一にとっての航希はどうでもいい、取るに足りない存在なのだ。

惨めで、口惜しくて、哀しい。

子供のころから数えたら、いったい何百時間、いや何千時間、莉一のことを考えて過ごしたかわからない。夢にも見る。そうだ。莉一の横で眠りながら、この一ヶ月ほど、莉一の夢ばかり見ている。

「っく」

航希は乱暴に男の腕を離した。

「もうこれ以上、あんたに振りまわされるのはご免だっ。言いたいなら、事務所の人間にでも俺のクライアントにでも、兄貴のことを喋ればいい。それで仕事がなくなるんなら、弁護士なんてやめてやるっ」

氷のような薄い色の眸が、苦笑に細められた。

「そんな程度の職業意識なら、やめてしまえ。クライアントも迷惑だ」

気がついたとき、航希は莉一の頬を拳《こぶし》で殴っていた。

そして、ワイシャツにスラックスという薄着のまま、靴を蹴飛ばすように履いて冬の夜道へと飛び出した。走って走って、財布もなにも持ってきていないことに気づいたのは、息が切れて地面にしゃがみ込んでからだった。

「なにやってんだよ、俺……情緒ガタガタの、思春期かよ」

ぜえぜえと息を継ぎながら、頭を両腕で抱え込み、言葉を吐く。

肺に忙しなく送り込む空気は凍《い》てついている。肌の表面から冷気が鋭く浸透してくる。

身体がどんどん冷たくなっていく。


「うわっ、世良。なんだ、その寒そうな格好はっ!?」

真夜中にアポなしで自宅に押しかけたことより、真冬の夜の薄着のほうに、事務所の先輩弁護士の夏目《なつめ》は驚愕《きょうがく》したようだった。

「すみません……夏目さん、泊めてください」

そう告げる航希の歯の根は合わない。ガチガチと口から音がしている。

一銭も持たずに飛び出してしまった航希は結局、莉一の家からもっとも近い夏目のマンションを訪ねたのだった。近いと言っても、四駅分、一時間以上は歩いただろう。

凍えと疲労でぐったりしている航希の項を掴むと、夏目は家のなかへと入れてくれた。まるで猫の子のように首を持たれたまま、ひどく散らかった暖かい部屋に通され、炬燵《こたつ》に突っ込まれた。

「いま風呂沸かすな。いや、その前にあったかいモンを飲んだほうがいいか」

インスタントのココアをマグカップになみなみとついで持ってきてくれる。男くさい容姿の三十男だが、夏目は甘党なのだ。事務所でも、いつもコーヒーに砂糖を飽和状態寸前まで溶かし込んでいる。

航希は何年ぶりかに口にするチョコレート味の飲み物で、体内を温めた。

炬燵の正面に座った夏目が、リモコンでピッピッとエアコンの設定温度を上げながら訊いてくる。

「その様子だと、アレだな。女とトラブって追い出されたんだろ？」

「……夏目さんじゃあるまいし」

ちょっとだけ笑うことができた。

夏目はそれ以上、問い質《ただ》すことはしなかった。航希は熱い湯船で身体を芯から温めて、炬燵で眠った。翌日は土曜日だったが、夏目はクライアントと約束があるそうで、一緒に家を出た。

　夏目は航希に大きすぎるダウンジャケットと一万円を貸してくれた。自宅までの交通費として千円でいいと言ったのだが、一万円貸すから当たり合コンを一発セッティングしろと紙幣を押しつけられた。

　そうして自分のマンションに辿り着いたものの、家の鍵は莉一のところだった。一階に住む管理人が在宅していて、すぐにスペアキーを借りることができたのは運がよかった。

　一歩家に入って鍵をかけたとたん、気が緩んだものか、ぐらっと視界が揺らいだ。壁に手をついて身体を支える。そのまま壁を伝うように歩いて、寝室へとよろけながら入った。ベッドに倒れ込む。寒気がして、背筋が異様にざわつく。頬が気持ち悪く火照る。額に掌を当ててみる――どうやら熱があるらしい。

　考えてみれば、真冬の深夜に薄着のまま外をふらふらしていたのだ。風邪のひとつもひかないほうがおかしい。

　風邪薬はキッチンの抽斗《ひきだし》のなかにあるけれども、そこまで這っていく余力はない。航希はダウンジャケットをもがいて脱ぐと、羽毛布団へともぐり込んだ。枕元を手探りして、リモコンを探し当て、暖房を入れる。

　それからすぐに、意識が遠退いた……。

いつからか、雨の音がしていた。

古い傷痕が疼いて、半覚醒《はんかくせい》状態のまま、航希は右のこめかみを掻きつづける。近くでよく見ないとわからない、わずかにへこんで白みがかった傷痕。これを身から剥ぎ取ることができれば、莉一への想いも根こそぎ忘れられるような気がする。

莉一の記憶を傷ごと剥ぎ取ってくれる脳外科医がいたら、どんなにいいだろう……熱に浮かされながら、そんなことを考えていた。

……窓のむこうの、雨が降りしきる音。それより近く、はっきりと現実的な音がふいに響いた。

玄関ドアの音だ。

鍵はかけたはずなのに、誰かがこの家に上がり込んだらしい。確かな人の気配と足音に、航希は重い瞼を無理やり上げた。雨雲が空を覆っているのだろう。遮光カーテンではないのに、通ってくる光は少なく、部屋は薄暗い。

起き上がる間もなく、声が響いた。

「ここにいたのか」

戸口のほうをおそるおそる見れば、長身の人影がある。

「どう、やって……入っ……」

「君が置いていってくれた鍵で開けさせてもらった」

莉一は不機嫌な表情で寝室に入ってきた。航希はだるい身体をなんとか起こして、侵入者を睨みつける。

「出てけよっ」

近づいてくる莉一に枕を投げつけたが、ぽすんと軽く受け止められてしまう。

莉一はベッドへと膝を乗せながら、優雅な仕種でロングコートを脱いだ。雨の匂いがふわりと漂い、スリーピースのスーツ姿が現れる。

「ついさっきまでオペをしていたんだ。神経が立っているから、手間をかけさせるな」

「……俺は、もうあんたとの取り引きを降りたんだ」

ジャケットも脱ぎ、ベストとスラックスという姿で首元のネクタイを大きく緩める。莉一の意図が読めず、航希はベッドヘッドに背を押しつけるようにして固まっていた。

布団が大きくめくられ、シーツが剥き出しにされる。そこへと枕が置かれた。

「なんだよ…」

「見たところ熱があるようだから、診察してあげようと思ってね」

「触るな!」

抵抗しているつもりだけれども、身体はまったく思うように動かない。莉一は器用に片手で航希のベルトを外すと、下着と一緒にスラックスを膝まで引き下げた。もがく航希を易々と押さえ込み、うつ伏せの姿勢を取らせる。ちょうど下腹のところに枕が入り、航希の臀部はおのずと宙に持ち上がる。

内腿を掴んで開くと、莉一はその開かれた脚のあいだに陣取った。

「いま、熱を測ってあげるよ」

「……あ？」

ふいに双丘の狭間がひんやりと濡れたのに、航希は目を見開いた。そのひんやりしたものが、莉一の指によって窄まりへと掻き集められる。萎縮《いしゅく》する襞をぬるぬると撫でられていく。

「――っ、ふっ」

「大丈夫だから、力を抜いてごらん。この軟膏《なんこう》は病院でも内診するときに使っているものだ。ああ、ここはちゃんと私の指を覚えているんだな。可愛らしくヒクついてきた」

「あ、ふ――やめ……っ、んんんっ」

シーツを両手で掴んで身体を前にずらそうとしたが遅かった。蕾を割って、指が侵入してくる。斟酌《しんしゃく》なく五往復ほど入り口から奥へとずぷずぷと犯すと、もう一本指が加えられて、二本に突き上げられる。

「かなり熱が高いな。三十九度弱ぐらいかな」

ねちねちとなかを捏ね拡げながら、莉一が「診察」する。

「熱で括約筋が弛緩《しかん》しているから、とてもスムーズだ」

「っい、た――ひ……ぁ、う、ああ！」

ふいに腹側の粘膜をぐっと押されて、航希は逃げようと上げかけていた腰を枕へと落とした。

「前立腺の感度は良好だな。排泄口《はいせつ》が締まって、……ちゃんと勃起してる」

枕に埋めた性器を繊細な手つきでまさぐられて、航希は知らず知らず唇からこぷりと唾液を溢れさせた。

三本目の指が入ってくると、下肢がガクガクと震えだす。

「こんなに濡らして、気持ちいいんだね」

体内の感じる場所を丹念に押されながら腫れた亀頭を掌で包むように撫でられて、航希は危うく射精しそうになってしまう。懸命に下腹に力を入れて、なんとか堪《こら》えようとするのに。

「締めつけすぎだよ。指が折れそうだ」

きつく締まる後孔からゆっくりと指が引き抜かれていく。生じる摩擦に身体の芯が揺らぐ。

「ぁ、だ――め……」

力を入れたほうがいいのか抜いたほうがいいのかわからなくなった襞がヒクヒクと喘ぐ。内壁が不安定な蠢動《しゅんどう》を起こす。もう少し。もう少しだけ我慢すれば指が抜けるというところで、限界が訪れた。

「っぁん、あっ！　…………ぁ、うぅ、く」

蕾に指先を咥えたまま、航希は莉一の掌へと白い粘液をどくりと吐き出してしまう。

「航希のは、とても温かくて、濃いね。量もすごい」

まるで愛おしむかのような声音に、頭のなかが熱く蕩ける。

「――言う、なっ」

枕が床に落とされ、力の入らない身体を仰向けに返される。剥き出しになった性器の先端から白い残滓《ざんし》がぽたぽたと腹に零《こぼ》れた。膝まで下ろされていた衣類が抜かれる。発熱と遂情の余韻に朦朧《もうろう》となりながら、航希は莉一を見上げた。そして、目を疑う。

莉一は自身のスラックスの下腹を大きく乱していた。そして、そそり勃つ欲情した器官へと軟膏をゆるゆるとした手つきで塗りつけている。

「り……いち？」

なにをされるのか察して緩慢に逃げようとする航希の膝を莉一は掴んだ。会陰部を思いきり剥き出しにするように、脚を左右に押し開かれる。

「やめろっ、それは、やだっ」

脚をばたつかせてもがくと、身体をふたつに折られた。臀部が宙に浮く。軟膏まみれになった蕾へと、太い幹の先端があてがわれる。次の瞬間、航希の両脚はびくんっと跳ねた。

「あっ！　……ぁ、ぁっ」

莉一の太すぎる器官を、蕾を破るように通されたのだ。

指とは比べ物にならない質量に、航希の身体は殺されかけているかのように震えた。喉を大きく反らし、開いた唇を戦慄かせる。

「まだ、ほぐし足りなかったようだね。こんなに狭いと――気持ちよすぎる」

「イタ……イ」

自分の声ではないような弱々しい声だった。男の情けを乞う、惨めな声音だ。

「いたい……莉一、おねがい、だからっ――裂け、る」

「裂けたら、あとでいくらでも治療してあげよう」

優しいような、いたぶるような、囁き。

初めての行為に怯える粘膜をきつく逆撫でながら、莉一は力ずくで硬いペニスを根元まで挿し込んできた。無残に貫かれた部分に、ぴたりと腰が押しつけられる。内臓を下から押し上げられて、寒気と吐き気が起こる。

「う……ぇふっ」

えずくと、なかが締まるらしい。莉一が甘やかな溜め息を漏らす。

航希は汗にしっとりと濡れた内腿に、何度も筋を浮かべた。極限まで丸く開かれた粘膜の筒が、異物を排斥したがってかすかにうねる。その粘膜を重たく擦りながら、セックス

特有の抽送が始まる。

初めての体感に耐えるのに必死で、航希は強いられるままに股関節《こかんせつ》が外れそうなほどあられもなく脚を開いた。脚のあいだから、孔を思うさまに犯す濡れ濡れとした音と、肌がぶつかり合う音が大きく響く。

なんだかどんどん身体に力が入らなくなっていく。

航希の跳ねる呼吸のなかに、よがり声めいた音が混じる。

莉一はときおり動きを緩めては、ずれる眼鏡を直した。そうして、犯される航希の姿をくっきりと目に焼きつけているようだった。力なくたぷたぷと揺れる陰茎や双玉も、男を呑み込んで乱れる粘膜の口も、恥辱にまみれた表情も、見つめられる。

「ぁ、はっ——ん、んー……っ、苦し……」

あまりにも淫らに体内を掻き乱されて、航希は自身の性器の根元を思わず押さえた。勃起してもいないのに果てそうな激しい疼きを感じたのだ。

「そんなに苦しいか?」

必死に頷くと、ワイシャツの裾《すそ》から莉一の右手がするりと忍び込んできた。汗に湿る素肌をぞろりと撫で上げられる。

左の乳首を親指で潰すように撫で上げてから、莉一は人差し指と中指をピンと伸ばして、胸の中央よりやや左寄りの部分を触診した。

「苦しいのは、心臓が悦んでるからだ。男を咥え込むのが気に入ったのか？」

「……悦んで、なんか——ないっ」

「嘘をつけ。どう見ても、悦んでる顔だ」

覆い被さるようにして、莉一が間近に見つめてくる。

切れ長の目に、淡色の虹彩。品のいい鼻梁《びりょう》に、肉質の薄い唇。ゆるい癖のある綺麗な髪。

自分が子供のころに憧れていた志筑莉一——その彼の性器が、いま自分のなかに入っているのだ。そう実感したとたん、心臓がバクンと打った。下腹の疼きが怖いぐらい昂まる。陰茎が硬く力を持っていく。細かな汗が肌から噴き出す。腰が自然と縒《よ》れた。

身体を深く繋ぎ、心臓の動きを指で読んでいる莉一には、航希の急激な変化は筒抜けに違いなかった。心臓も下の粘膜も、狂おしく波打っている。

「どうしたんだい？」

煽るように低く尋ねられる。

目を伏せて、首を横に振るのが精一杯だった。

「私に抱かれているのが、そんなに嬉しいか？」

あなたに構ってもらえて嬉しいと、先走りが亀頭の切れ込みからたっぷりと溢れる。火照る茎を、ツウ…と蜜が伝い落ちていく。根元を押さえている手が濡れた。

「上の口より下の口のほうが、格段に素直だな。一生懸命、私に媚びてる……ご褒美だ」

そう言うと、莉一は腰の角度を調整した。突き上げられる。

「いっ……あっ‼　く、だめっ……ダメ、いやだ、ぁ」

ひと突きひと突き、的確にいい場所を抉られる。

「可哀想に、心臓が壊れそうになってる」

掌で皮膚越しに心臓を撫でられる。労《いたわ》るように。

「り……いち」

朦朧としたまま追い詰められて、航希は莉一のベストの胸元を引っ掻いた。無意識に口走る。

「莉一……兄ちゃん……」

眼鏡のむこう、欲情にぬめる眸がわずかに揺らいだ。

「…………」

薄い唇に苦笑めいたものが浮かぶ。

「君は本当に困ったものだな、昔から」

呟いて、莉一は腰の動きを激しくした。

摩擦で体内が熱く熱く、溶け爛れていく。航希の弾む性器は莉一のひんやりした手指に囚われた。段差をいじられ、先端の孔に指の腹で小刻みに振動を与えられる。まるで強い電流を通されたように航希の身体は跳ね悶《もだ》えた。

「ぁ、やだ——も」

「このままどこまでも犯して、君の心臓も突いてやりたい」

耳元で囁かれると、男を喰べさせられている内壁とともに心臓が引き攣った。

「あ……あ………っふ、くっ」

強烈すぎる甘苦しさに濡れそぼった眸を震わせながら、航希は白濁を爆ぜさせた。収斂《しゅうれん》する内壁に性器を喰われた莉一が、甘いような苦いような声をたてる。航希のうえで、力の籠もった身体がびくっびくっと震える。

体内の奥深くに濃密な粘液を流し込まれる感覚に、航希は瞼を固く閉じた……。


男を抜き去られても、力の入らない脚を閉じることすらできない。唯一身に着けているワイシャツも鳩尾まで捲り上げられた仰向けの姿、航希は目を閉じたまま脱力していた。

「……ん」

小さく口を開いた孔から男の情液が溢れる気持ち悪さに、眉根を寄せる。

膝を掴まれて片膝を立てさせられた。小さな機械音がする。航希は鉛のように重い瞼を上げて、足元にいる男をぼんやりと見上げた。

その手には携帯電話が握られている。ふたたび小さな音がたつ。

「……なに、してるんだ？」

莉一は微笑すると、携帯電話のディスプレイを航希へと向けた。

そこには男に犯された秘部をさらけ出した自分の姿があった。頭から冷水を浴びせられたように、一気に意識がはっきりする。

「消せ――消せよ！」

高熱のなか犯されて弱りきった身体をなんとか起こすと、身体の内奥がギシリと痛んで、脚のあいだから滴った大量の粘液がシーツをねっとりと濡らした。思わず呻いて腹部を押さえる。

莉一の携帯電話が短くメロディを鳴らした。

「私のパソコンに転送しておいた。兄が金と女にだらしのないホストだということより、この写真を事務所やインターネットにばら撒いたほうが、よほど君にはダメージだろう」

「……脅すのかよ？」

「君が取り引きをやめるなんて言うから、脅迫に切り替えざるを得なかった」

「なんで――なんで、そこまでする必要が、あるんだよ……」

自分が二十六歳の弁護士だという事実が、小さく小さくなっていく。

そして十二歳のとき、高台の公園に置き去りにされた無力な子供が大きく膨らんでいく。

「どうしてって、君が必要だからに決まってるだろう。この数日、君に触れられなくてつらかった」

「え？」

莉一の切実な声音に胸が鳴った。思わず顔を上げた航希に向けられたものはしかし、突き放すような表情だった。

「忘れてもらったら困る。君は、采登の代用品なんだ」

4

「おはようございます！　世良《せら》先生」

駅から園部《そのべ》法律事務所へと向かう道すがら、張りのある高い声に挨拶をされた。

「ああ、おはよう、花原《かはら》さん」

花原実有《みう》が笑顔で見上げてくる。明るいキャラメル色のコートに白いマフラーをして、頬は寒さにちょっと赤くなっている。

「世良先生に一番にご報告しなきゃと思って。弟の手術日が二週間後に決まったんです」

「そうなんだ？　俺の力不足で、志筑《しづき》先生に頼めなくて悪かった」

「いいえ。あたしのほうこそ急に無理なお願いをして、世良先生を困らせてしまって、すみませんでした」

眉をハの字に下げて、実有は頭を下げる。

「今度の医者はどんな感じだった？」

「さすが、あの志筑先生が紹介してくれただけありました！　症状や手術の内容やリスクをちゃんと説明してくれて。ああいうのをインフォームドコンセントっていうんですねぇ。なんだか、手術の様子を撮影したビデオもくれるそうです。万が一、医療ミスとかあったとき、患者も病院側もきちんと対応できるようにって。それ、志筑先生が雑誌で主張してたのと同じやり方なんですよね。志筑先生はちゃんとご自分が信頼してるお医者様を紹介してくださったんですね」

実有はいたく感動した面持ちだ。

「……そうか。それならよかったよ」

「あのそれで、お礼はいいって話でしたけど、やっぱりどうしても直接お会いして、ひと言だけでもお礼を言いたくって」

「いや、でもむこうは時間を取るの、難しいんじゃないかな……」

職場の人間と莉一《りいち》を接触させたくなくて曖昧にそう言ったが、

「病院のほうで、ほんの一瞬でいいんですっ」

手を合わせて、頼み込まれてしまう。

航希《こうき》は莉一にお伺いをたてておくと約束した。

実有の弟の心臓手術の話をしたとき、まったく興味のないふうだったのに、実は莉一なりにきちんとしたセレクトで医師を紹介してくれたのだと知って、安堵とともに複雑な気持ちにさせられた。

——莉一はまともな医者で、俺以外の人間のことになら、ちゃんと心を砕くんだな。

あられもない画像をネタに脅されて、ふたたび莉一との生活を余儀なくされてから二週間が過ぎていた。

寝室以外の場所では、莉一は大概不機嫌そうで、次第にそれは嵩《かさ》んでいくようだった。そしてその不機嫌は性的なかたちで航希にぶつけられた。リビングのソファで、キッチンで、階段で、セックスを強要された。

階段でのときは、なんとか二階の寝室へと逃げ込もうとするのを阻止されて、犯された。下半身の衣類を腿のなかほどまで剥かれ、四肢をついた姿勢で背後から獣のように挿入された。それでも優位になれる寝室へと辿り着こうと、航希は貫かれたまま階段を這い上った。しかしそんな努力は莉一の嗜虐心《しぎゃくしん》を愉しませただけで、なんとか二階の廊下に手がかかった瞬間、なかに出されてしまった。

脅しと力技で身体を奪われることに憤りを感じるものの、しかし、それを正面きって主張するのが憚《はばか》られるほど淫らに感じさせられてしまっているのも事実だった。

莉一の指技は特に悦くて、乳首や股間をなぶられてしまうと、航希はどうしても腰砕けになってしまう。性器を勃ててよがり声をあげながら嫌だと訴えても、説得力などあるはずもない。むしろ、抵抗も痴態の一種に堕ちてしまっていた。

そんな爛れた行為にふたりして惑溺しながらも、寝室のなかでは相変わらず、莉一は紳士的でとろとろに甘かった。キスより先を求めるのは自制しているようだった。

航希はもう、その気遣いと愛情が自分に向けられているなどという勘違いはしなかった。

人形のようにベッドに横たわって一途なキスと抱擁を受けるたび、莉一の采登《あやと》への想いを突きつけられて、心はひび割れそうなほど痛んだ。

それは、強要されるセックス以上に、処理しがたいつらさを航希のなかに植えつけていった。


真夜中のリビングルーム。

ダウンライトの明かりを絞って、カーテンを開ける。窓のむこうには葉を落とした槐樹の木が、青黒い空を背景に、裸の枝で複雑な影絵を作っている。

ソファに横になって肘掛《ひじか》け部分に頭を乗せ、航希はそのちょっとおどろおどろしい影を眺めた。

すでに零時を回っているが、莉一はまだ帰宅していない。急患が入ったのか、あるいは再手術の患者が出たのか……。

航希は風呂を使ってスウェットの上下に着替え、あとは寝るばかりという状態なのだが、なんだか広いベッドにひとりで横になっていると妙に寂しいような気持ちが込み上げてきて、リビングに移動したのだった。

ついこの間まではひとりで眠るのが当たり前だったのに、ここのところ莉一に抱き締められていないとよく眠れない。

自分のものではないと頭ではわかっているのに、とてもつらいのに、肉体はいつしか優しい腕に依存してしまっていたらしい。その事実に焦りを覚える。逃げ出したくなる。

――でも、犯されたあとの画像を莉一に握られてるから……。

心のどこかで、それをここに留まる言い訳にしているのではないかという疑念が浮かぶ。

莉一に激しく抱かれることを、求めているのではないか。

采登の代わりでも、優しくされることを求めているのではないか。

――……兄貴は、どこでどうしてるんだろうな。

元凶である采登も、時期を同じくして消えた仙道国際病院の理事長の娘も、杳《よう》として行方が知れない。ただ、警察が動いていないようなので、理事長のほうには娘が無事で過ごしているという、なんらかの情報が入っているのかもしれないが。

ふたりは一緒にいる可能性が高いようだが、だとしたら、いくら身勝手な兄とはいえ多少は莉一に悪いと思っているだろうか?

理事長の娘が自分の紹介した男と消えたとあっては、莉一も立つ瀬がないだろう。

仕事に真摯に臨む莉一を日々見ているだけに、そんなかたちで妨げになる兄にひどく腹が立つ。

昔から、采登は莉一のことをあまり慮らなかった。

あれは確か、莉一が采登にキスしているのを航希が目撃してしまった日より少し前のことだった。

「蚊《か》が入るだろ。エアコンも効かないし、もう窓閉めろよ」

二段ベッドの上段でマンガ雑誌を読んでいた采登が文句を言ってきた。当時、中学一年の采登と小学六年の航希は、まだ同じ子供部屋で寝起きしていた。

航希は窓から身を乗り出したまま、兄を振り返った。

「まだ、莉一兄ちゃんの部屋しか明かりがついてないんだ」

そう報告するのに、兄は少し棘《とげ》のある口調で言う。

「そりゃ、両親とも医者でボロ儲けしてんだから、帰りぐらい遅いんじゃん」

夏休みに入ってからというもの莉一の家に入り浸っているくせにずいぶんと薄情なコメントだと、航希はムッとする。そして、兄よりも自分のほうが莉一に関することをよく知っているのだと教えてやりたくなった。

航希は窓ガラスを閉めると、もったいぶった足取りで二段ベッドへと歩いた。

下段の自分のベッドに足の裏を乗せて、上段の兄のベッドの柵を掴む。

「俺、こないだ夜中にトイレに起きたとき、父さんと母さんが話してるの聞いちゃったんだ」

柵のあいだからぼそぼそと言うと、采登は小鼻をヒクつかせた。興味をそそられたときの反応だ。

「聞いちゃったって、なにを？」

「……隣んち、離婚するかもしれないって」

へぇ、と采登は目をしばたかせる。

胸に留めていた秘密は、いったん口にすると止まらなかった。

「隣のおじちゃんは若い看護婦さんとつき合ってて、おばちゃんは同じ病院のお医者さんとつき合ってるんだって。それで、看護婦さんに子供ができちゃって、別れようかって話になってるらしいんだ。母さん、家政婦さんから聞いたから、たぶん本当だろうって言ってたよ」

航希は窓のほうをちらと見て、目を潤ませる。

「ねぇ、兄ちゃん、知ってる？ 莉一兄ちゃんの部屋は夜ずっと明かりが点いたまんまなんだよ。もしかしたら、おじちゃんとおばちゃんを待ってるんじゃないのかなぁ……夜の灯台みたいに、ここが帰ってこなきゃいけないところだって、明かりを点けつづけてるんじゃないのかなぁ」

「夜の灯台……」

兄の繰り返す言葉に、同意を得られたのかと航希は嬉しくなる。

「俺、考えたんだけどさ」

「うん？」

「もし隣んちが離婚しちゃったら、莉一兄ちゃんはうちに来ればいいと思うんだ。莉一兄ちゃんはうちのご飯大好きだし。父さんと母さんだって、莉一兄ちゃんのこといつも褒めてるし。うちの子になれば……聞いてる？」

うつ伏せの姿勢、采登はすでにマンガ雑誌へと目を落としていた。その横顔には弟を疎ましがる表情が浮かんでいる。

「うちの子になるなんて、無理に決まってんじゃん」

「なんでだよっ」

呆れた視線を向けられる。

「あのなぁ、この家は狭くって、俺とおまえだって同じ部屋にいるじゃん。莉一が来たら、どこに寝るのさ？」

「どこって――いいよ。俺のベッドで一緒に寝る！」

「莉一は大きいから、莉一だけでいっぱいになるって」

「……なら、俺は床で寝る」

采登は口をへの字にした。そして、マンガへと視線を戻した。

「俺さ。おまえのそーゆーとこ、キライ」

「…………」

別に、采登になんか嫌われてもかまわない。

航希はふたたび窓辺へと戻った。

大きな槐樹の木のある家は、四角いひとつの光を守って、ひっそりと闇に佇んでいた。


寒い。手足が冷たくて、肩の関節にも寒さが沁《し》み込んでいた。身体を丸めて、これ以上、体温を逃がすまいとしていると、ふいに温《ぬく》もりがそっと被さってきた。人肌の温かみが残る布から漂う、消毒液めいた匂い……。

航希はぼんやりと目を開いた。

航希が起きるとは思わなかったらしくて、その人は屈《かが》めた長躯をびくりとさせた。けれども、すぐに感情のないような声で言う。

「こんなところで寝て風邪をひくのは勝手だが、感染《うつ》されたら迷惑だ」

そう言いながら、航希の身体にかけたロングコートを手繰り寄せようとする。航希は咄嗟にコートを両手で抱くように掴んでしまう。小さな引っ張り合いがあってから、莉一は苦笑してコートを手放した。

そして、航希の横になっているソファに左膝を乗せて腰を下ろす。

コート越し、腿のあたりにぐっと莉一の脚がくっつけられる。その感触にどきりとする。莉一のことばかり考えていた子供時代の夢を見たせいか、変な甘みが触れ合う場所からじわじわと拡がっていく。

こうして見下ろされているだけで胸の鼓動がおかしくなりそうで、航希は視線を莉一から逸らした。彼の背後の窓に映る枝影を見る。

「……槐樹の木、昔も莉一の家の庭にあったよな。もっと大きいのだったけど」

透けるような色の虹彩が、航希から外れる。莉一は首を捻って、背後を見返った。ダウンライトのほのかな光を受ける、顎を上げた横顔や首筋に、航希の視線は引きつけられる。

槐樹の木があって、かつてと変わらない家具に囲まれて、莉一がいる。真夜中の静けさのなか、満たされた気持ちにくるみ込まれる。

「莉一さ。いつから電気を消して寝るようになったんだよ?」

ここで一緒に暮らすようになって、莉一が寝室の明かりを消して寝るのを意外に思った。

「昔は朝まで点けっぱなしだったのに」

莉一は槐樹から航希へと視線をめぐらせた。過去を覗き込むような目をする。

「よく覚えてないが、両親が離婚して、ひとり暮らしを始めてからかな」

「離婚、したんだ……」

「ああ。采登から聞いてなかったのか?」

「聞いてない」

「そうか。大学一年のときだ。両親とも、いまは新しい家庭でそれなりにやってるようだ」

たぶん莉一は、自分のところに帰ってきてくれる人がいなくなってしまったから、寝室の明かりを消すようになったのだろう。

それが、なにかとても哀しいことのように感じられて、航希は苦しくなる。

表情の変化に気づいたのか、莉一はソファの背凭れに手をかけて、覆い被さるように上体を少し伏せてきた。やわらかな癖のある髪が、額に流れかかる。

「私も、君に訊きたいことがあったんだ」

「うん?」

「なぜ、寝室で私を拒否しない?」

「……拒否したこともある」

「ああ。でも、最近はずっとおとなしくしてくれてるだろう」

「……」

「犯されて、卑猥な写真で脅されて、無理やりセックスを何度もさせられて……それでどうして、寝室での私の希《ねが》いを叶えてやる気になれるんだ?」

それは、自分でもおかしいと思っていた。

でも、どうしても撥ね退けることができないのだ。

「だって、必要なんだろ？　——莉一は『采登』でエネルギーを補給してるんだろ？」

少し変な言葉のセレクトだったかもしれないが、その表現がもっともしっくりきたのだ。

人の命を預かる仕事に立ち向かっていく気の休まらない日々のなか、莉一はまるで安らぎと活力を補充するみたいに、寝室で唇を求め、抱きついてくる。莉一にそんなふうに求められてしまったら、自分はどうしたって与えたくなってしまう。少しでも、彼の力になれるようにと………。

もう、認めざるを得なかった。

——莉一が、好きだ。

昔もいまも、ないがしろにされている。見殺しにされたり、陵辱されたり、酷い仕打ちを受けている。

それでも、自分は志筑莉一が好きなのだ。昔の寂しそうな横顔を見せていた莉一も、いまの高邁《こうまい》な志で医療に携わる莉一も、航希を惹きつけてやまない。

子供のころの想いのうえに、いまの想いが降り積もる。

自分の気持ちをはっきりと自覚して、航希の頭は痺れたようになっていた。

「エネルギー補給……か」

言葉を胸で転がすように呟いて、ふっと莉一は微笑した。なんだか穏やかな、力の抜けたような笑みだった。

……いまだったら、もしいま身体を求められたら、自然に自分から脚を開ける気がする。

莉一に世良航希という人間のままで求められたい。

そう思ったのに。

「まるで采登みたいな言い方だな」

莉一はゆっくりと航希から身体を離し、立ち上がった。

「今晩も寝室でたっぷりとエネルギー補給とやらをさせてもらおうか」

采登を求める、甘やかな声。表情。

激しく胸が軋んだ。

采登が羨《うらや》ましい、妬《ねた》ましい。

——どうして、俺じゃダメなんだよっ……。

莉一が出て行ってしまった部屋で、航希は上質な手触りのコートをぐうっと握り締めた。

「これから志筑先生と会えると思ったら、なんかドキドキしてきました」

菓子折りの袋をギュッと抱えて、花原実有は強張った顔を紅潮させている。

心臓の手術をしなければならない弟に適切な心臓外科医を紹介してくれた礼を言いたいというのは本当なのだろうが、莉一が載っている雑誌のバックナンバーまで集めているところをみると、実有はすっかり志筑莉一フリークになってしまったらしい。

礼を言いたいのと、生の莉一に会いたいのと、半々といったところなのかもしれない。

実有が会いたがっていることを伝えると、莉一はそう乗り気でもなかったが、時間を作ろうと言ってくれた。午後の手術は五時半ごろに終わり、それから集中治療室《ICU》で術後の経過を診《み》て、緊急の再手術の必要などが生じなければ、七時半には手が空くという。

仙道国際病院に来たのは初めてだったが、銀灰色の巨大なコの字型の建物はどっしりとした構えで、まだ新しいようだった。

エントランスへと歩きながら、実有は声を弾ませる。

「仙道国際病院は五年前にここに移転したんですけど、最新の医療設備を整えてあるんですって。ここの病院には、論文ばっかり書いてるような大教授はいないんです。臨床に熱心なお医者さんを全国から集めてるんだそうです。だから、志筑先生みたいな若くて優秀なお医者様も活躍してるんですね」

「そういえば、うちの所長の話だと、他の大病院の医療過誤問題は軒並み扱ったことがあるけど、仙道国際病院のケースはまだやったことがないらしいな」

園部宗弘《むねひろ》といえば、医療過誤問題のスペシャリスト弁護士として名を馳《は》せている。そこに案件が持ち込まれないということは、仙道国際病院はかなり優良な医療機関とみていいだろう。

「ここの理事長さんは、国際協力機構《JICA》で勤めていたことがあって、日本の医療を国際レベルに引き上げようって気持ちがある人らしいです。心臓外科には特に梃入《てこい》れしてるらしくて、それぞれの医師が年間何例の臨床をしたかを公表してるんですよ。それって、欧米や東南アジアでは、当たり前のことらしいんですけど」

その立派な理事長の娘が、采登と逃避行中かもしれないわけだ。胃が重くなる。

病院のエントランスを抜け、受付で用件を告げると、三十代前半ぐらいの落ち着いた雰囲気の看護師が迎えにきてくれた。白いナース服の胸元には「井上奈緒美《いのうえなおみ》」というプレートがつけられている。彼女に連れられて、航希は実有とともに心臓外科の診察室へと向かった。

三階でエレベーターを降りる。廊下には看護師の姿も患者の姿もない。そんな静かな空間だからこそ、その男ふたりが言い争っているらしい声ははっきりと聞こえてきた。医療器具かなにかが床にばら撒かれたらしい大きな音が廊下に響き、航希と実有は思わず顔を見合わせた。

看護師が半ば小走りになって廊下を進んでいくのを、慌てて追う。

「志筑先生、どうかなさいましたかっ!?」

ドアを拳で二度叩いてから、看護師は勢いよくドアを横にスライドさせた。

航希も開かれたドアからなかを覗く。

白衣の男ふたりが床で取っ組み合いをしていて——下になっているほうは、莉一だった。

「真田《さなだ》教授もおまえも、どうして仲間同士、助け合おうって気がねぇんだよっ!! 医局は関係ないなんてお高くとまって、他の医者の粗探しばっかりしやがって……ビデオなんて、もうとっくに処分したさ。残念だったたな、天才心臓外科医さん」

四十絡みの小柄な医師の拳が、莉一の頬を殴る。

「足立《あだち》先生、やめてくださいっ!」

看護師が悲鳴を上げる。航希は鞄とコートを床に投げて診察室へと入っていき、足立という医師を羽交い締めにして莉一から引き剥がした。莉一はゆらりと立ち上がると、ずれた眼鏡を直し、白衣の埃《ほこり》を払った。冷たい眼差しで足立を見やる。

「あなたのような意識の低い人間が同僚であることを、実に恥ずかしく思います」

静かな侮蔑《ぶべつ》の込められた声に、足立はひくりと身体を震わせた。

「……………そんな堅物だから、香織《かおり》さんに逃げられるんだっ」

鼻で嗤うと、足立は航希の腕を振り解いて、診察室から足音も荒く出て行った。

——香織さんって……理事長の娘の? 逃げられたって、どういうことだ?

莉一はいまの諍《いさか》いは他言しないようにと看護師に告げ、廊下で硬直している実有に

「みっともないところを見せてしまいましたね」と微苦笑を投げた。

実有は、動揺と興奮と緊張が入り混じって、すっかり訳がわからなくなっている様子だった。菓子折りを渡し、弟のことをあわあわと報告して何度も頭を下げると、航希の存在など忘れたように立ち去ってしまう。看護師も床にばら撒かれた器具を手早く片付けると去ってしまい、診察室には莉一と航希だけが残された。

「私ももう少ししたら帰る。家まで車に乗っていくといい」

書類の散らばるデスクについた莉一の白衣の背に、航希は突っかかるように尋ねる。

「さっきの医者と、なにを揉めてたんだよ？」

「部外者には関係のないことだ」

「ここんところ不機嫌だったのは、そのトラブルと関係あるんじゃないのか？　だとしたら、俺だって迷惑を被ってる……八つ当たりみたいに好き勝手されて」

「さんざんよがっておいて、迷惑もないものだ」

嫌な喉笑いを莉一がするのに、航希はカッとなった。

莉一の座っている椅子の背を掴み、ぐるっと座部を半回転させた。肘掛け部分に両手をついて見下ろす。

莉一は不愉快そうな顔を軽く仰向けた。その唇の端には血が滲んでいる。さっき殴られたときに切れたのだろう。

「いったい、なんだ?」

「……莉一にとって俺はガキのころと変わらない無力なヤツのままなんだろうけど、俺だって——医療問題に強い園部法律事務所に籍を置く弁護士なんだ。いざとなったら莉一の力になることだってできる」

「それはありがたい申し出だな」

気のない返事、莉一は航希を退けて、デスクに向かおうとする。

「待てよ、莉一。訊きたいことがある」

「なんなんだ?」

うんざりした視線を浴びながら、航希はプライドを曲げて尋ねた。

「香織さんに逃げられたって、どういうことだよ?」

「……」

「り、莉一は、香織さんと、どういう関係だったんだ?」

これではまるで恋人の過去を問い詰めるみたいだ。そんな自分が嫌で、頬が火照る。

眼鏡のむこう、切れ長の目が細められた。

バレたのかもしれない、と思う。

自分が莉一を好きで、だから香織のことがすごく気になるのだと、見抜かれた気がする。

航希は視線を逸らして答えを待った。

しばしの沈黙ののち、莉一は背筋を伸ばして航希の耳へと唇を寄せた。

「知りたいなら、下を脱いでごらん」

言われたことがわからなくて、航希はすぐ近くにある莉一の顔を見た。

「ここで私を愉しませてくれたら、香織がどういう存在だったのか、教えてあげよう」

耳にゆっくりと毒味のある声が流し込まれる。

肘掛けを握っている両の手が、莉一のひんやりした手に掴まれる。自分のスラックスのベルトへと連れて行かれ、外すように促される。

「こんなところで……冗談、だろ？」

「別に、知りたくないならかまわないよ」

莉一は自身の優位を確信しているようだった。愉しげな表情で肘掛けに片肘をつき、かたちのいい顎を手で支えた。

航希は唇をぐっと噛む。不埒《ふらち》を強いるにも程がある。ベルトを握ったまま硬直していると、莉一がふたたびデスクのほうに椅子を向けようとする。

「待ってくれ」

やはりどうしても知りたい。

「脱げばいいんだな？」

ぎこちない手つきでベルトを外した。命じられて、スラックスと下着とを一緒に腰から下ろす。ジャケットも脱ぎ、ワイシャツにネクタイをきっちり締めたまま、下肢には靴下と靴だけを身に着けた間抜けな姿になる。

莉一は意地の悪い笑みを浮かべて立ち上がった。そして、壁際の棚からなにかを取り出して白衣のポケットに入れると、航希を椅子に座らせた。

「……！　なに」

「ほら、ちゃんと肘掛けに膝裏を乗せるんだ。そう、それでいい。大丈夫だよ。包帯だから痕になったりはしない」

左の膝と左手首が椅子の肘掛け部分に包帯で括りつけられる。右も同じようにされて、航希は黒革張りの椅子で淫らな開脚を強いられた。

「莉一、莉一っ、や……」

「あまり暴れると、椅子が引っくり返ってしまうよ」

莉一が椅子の正面の床に膝をつく。ワイシャツの裾が捲られる。脚のあいだを、秘孔まで、まるで莉一への捧げ物のように剥き出しにされてしまう。莉一は白衣のポケットから、ストローのように細くて長い透明な管と、薬のチューブを取り出した。

「な……に？」

脚を閉じようとするのに閉じられない。空しく内腿に筋が浮き立つ。

航希のペニスを、莉一は左手で掴んだ。先端の浅い切れ込みが指先で開かれて、小さな孔を露出させられる。

莉一は片手で器用に薬の蓋を回して取ると、半透明な軟膏をその孔へと搾り出した。薬をなじませるように頂をいじられるうちに、茎が芯を持ちだす。

「尿道をちゃんと開いているんだよ。傷つけたくないから」

「……え？」

湧《わ》き上がってくる快楽を堪えようとしていた航希は、ふいに訪れた鋭い痛みに目と唇を開いた。

「あ？　あっ、痛っ……痛い、莉一っ」

痛みにヒクヒクと震える器官の中枢に、異物が入り込んでくる。性器を内側から抉られる熱と怖さに、航希は背を仰け反らせた。

「狭い孔だな。カテーテルに喰いついてるのがわかる」

陰茎の半ばほどまで通した管を引かれて、性器が背を伸ばして引き攣る。異物を少し抜かれては、奥へと進められて、狭い粘膜の孔が収斂する。深々と貫かれるころには、性器はすっかり火照り、勃起してしまっていた。先端の孔から、くにゃりとカテーテルの余りが垂れ下がっている。

「弁護士先生は、こんな場所でも感じるのか」

莉一がカテーテルを指先で遊ぶと、挿入されている器官に振動が伝わってくる。

「く……ふ、っ」

「こちらの孔も、もの欲しそうに蠢いてる。わかるだろう?」

会陰部の奥の窄まりに指先を乗せられると、確かにヒクついているのがよくわかった。

「ここにも特別にいいものをあげよう。おとなしく待っておいで」

「え? ……待つって、莉一」

莉一は白衣を翻して部屋を出て行った。鍵もかけずに。

——嘘だろ、こんなっ。

航希はほぼ戸口のほうを向くかたちで椅子に縛《いまし》められていた。もしいま誰かが入ってきたら、あられもなく開脚して、勃てたペニスにカテーテルを呑まされている姿を見られてしまう。手足を動かしてみたが包帯は多少の伸縮性はあるものの緩みはしなかった。意地になって身体を揺すると、危うく椅子が転倒しそうになる。

耳を澄まし冷や汗をかきながらも、航希は淫らな姿勢でいるしかなかった。

と、廊下を歩いてくる足音が聞こえてきた。莉一のものだろうか……いや、違う気がする。もっと軽い、女性の足音のようだ。足音は、よりによってこの部屋の前で止まった。

ドアがノックされる。

「志筑先生、いらっしゃいますか?」

受付からここまで先導してくれた看護師の声のようだ。航希は椅子のうえで身体中の筋

肉をガチガチに強張らせた。心臓が壊れそうにバクバク喘いでいる。開ききった内腿に、汗が浮かぶ。

「失礼します」

ドアが横に滑る――。

「井上さん、どうしたんだい？」

ドアは少し開いた状態で止まった。莉一の姿が、その隙間から見えた。

「志筑先生、さっきの衝突は、足立先生のオペの件でですよね？」

戸が閉められて、会話が遠退く。ドアを一枚挟んだむこうの人の気配に、航希は不安定な呼吸を噛む。

話が終わったようで、ひとつの足音が去っていった。ドアが開けられる。

「待たせて悪かったね」

莉一は部屋へと滑り込むと、今度はドアに鍵をかけた。

安堵に、航希の身体は一気にぐったりと弛緩した。靴のなかで縮こまっていた指が、力を失って伸びる。俯き、肩で息をする航希の前に立った莉一は、カテーテルを指で掬い上げた。

管の先から、透明な雫《しずく》がぽとりと零れた。

「人に見られそうになって、そんなに感じたのか」

「ち……がう」

「違わない。床に水溜《みずたま》りができてる」

言いながら、莉一は手に持った袋から鉄製の器具を取り出した。ペンチのような持ち手をしたそれの先には、鉄製の筒が直角についている。筒の先端は丸みがある。

「……なんだよ、それ」

「ただの医療器具だ」

筒状の部分に軟膏をまぶされる。莉一は屈むと、その禍々《まがまが》しい形状の器具を、航希の開かれた脚のあいだへと寄せた。ひやりとした鉄が後孔の蕾に押しつけられるのに、器具がなんのためのものなのか、航希は理解する。

「待――や、やだっ、ああっっ」

冷たくて重い鉄に粘膜を抉られる感覚に、航希は目を見開いた。

八センチほども深さのある筒のかたちのままに、内壁が抉《こ》じ開けられる。無機質な物体に粘膜を貫かれただけでも衝撃的なおぞましさなのに、筒は体内でゆっくりと三枚羽に分かれて拡がっていく。体内が外気に触れる。

「くっ、は――ぁ」

莉一が床に跪いて、器具によって拡げられた場所にペンライトを当てて、覗き込む。

「綺麗な色の粘膜だな。触ってあげたくなる」

「ん……んっ、んん！」

鉄の器具で拡張された粘膜のなかへと長い中指が挿し込まれる。鉄の羽の合間で剥き出しになっている粘膜を指先が擦る。暴かれた内奥の脆《もろ》い性感帯を思うさま捏ねられ、潰され、爪を押し込まれた。

脚も後孔もカテーテルを通された場所も、自分の肉体なのに、自分で閉ざすことができない。カテーテルの管を透明な液が流れた。快楽までも剥き出しにして、眺められている。

航希は無残なありさまのペニスで、くいくいと空しく宙を突いた。

「い、あっ、そこはもう……もうっ」

壊れんばかりに拡げられている前後の孔が、焼かれるように熱く痛んだ。

「ひあ、壊れ、るっ――あっ！　や、ぁっあぁー……」

耐え切れずに、航希はカテーテルの管へと欲情を流し込んだ。しかし、人工の細い管では一気に出しきることができず、いつもの何倍もの時間をかけて腰をせつなくのたくらせながら果てた。

ヒクつく内臓から、開かれたままの内視鏡がゆっくりと引き抜かれる。もうどこにも力が入らない状態で呆然《ぼうぜん》としている航希の手足の縛めがほどかれる。椅子からずり落ちそうになる身体を莉一に抱きとめられ、立ち上がらされた。白い蜜を滴らせるカテーテルを垂らしたまま、航希はもつれる足でリノリウムの床を踏む。

診察台へと仰向けに押し倒された。

航希の膝裏に手が差し込まれる。莉一に強いられるまま航希は淫らに脚を開いた。今度は冷たい鉄ではない、熱く滾《たぎ》る人の器官が蕾を抉った。ほとんど抵抗もなく、航希は莉一を根元まで受け入れた。

「ふ、うっ」

すぐに始まる抽送に、航希はビクビクと身体を震わせる。

上半身はワイシャツを纏ったまま、白くて硬い診察台で犯されていく。靴を履いた脚が揺れる。下腹が苦しい。航希は震える手で、自身の陰茎を探った。さっき放ったばかりなのに、それは硬さを失っていない。性器の先端に刺さった人工の管に指先が触れる。

「……っ」

それを抜こうと引っ張ると、ぞっとする違和感が茎の中枢に起こる。悪寒と痛みを堪えながら、航希は左手で亀頭の先を開き、右手でカテーテルを抜こうとする。けれどうまくいかなくて、ううっと呻く。

「ずいぶんといやらしい姿だな——ああ……前が痛むと、なかがぎゅうっと締まるのか」

男に揶揄されながらも、航希はぎこちない手つきで、少しずつカテーテルを引き出していく。時間をかけてようやくもう一息で外れるところまで辿り着いたときだった。

それまでの航希の苦心を見ていたはずなのに、莉一はカテーテルを指先で摘むと、ふたたびなかに押し込んだ。

「ほら、こうして小刻みに擦られると、ここも気持ちいいだろう？」

「り、莉一！」

「やだっ、やめ……あ、ぁ、っ」

前後の孔を無残に開かれ攻めたてられて、航希はふたたび強制的に快楽を極めさせられた。莉一がカテーテルを一気に引き抜くと、それに誘導されたように射精が始まる。

心身に異様な負荷のかかる性戯を強いられた航希の脱力しきった身体を、莉一はそのあと時間をかけて使った。体内に迸《ほとばし》りを浴びせられたときには、航希の意識は途切れかけていた。

たっぷりと精を放って満足した様子で、莉一は航希の唇の横にそっと口付ける。

「愉しませてくれた君の質問に答えないといけないな」

質問……そうだった。香織との関係を答えてもらうために、自分は痴態をさらしたのだ。

航希は焦点の定まらない目で間近の男を見つめた。

まるでいつくしむように航希の髪に指を絡ませながら、莉一は薄く笑んだ。

「香織は、私の婚約者なんだよ」

「医療事故の年間死亡者数は三万人とも四万人とも言われてますよね。交通事故での年間死亡者数がおよそ一万人なのと比べるとかなりな数なのに、マスコミでもたまに思い出す程度にしか取り上げられないのは、納得いきません」

会議室で、園部《そのべ》所長の書類整理を手伝いながら、航希《こうき》は苦々しく言う。

「日本の医療機関は『仲間を売らない』で成立してきましたからね。同僚のミスを見て見ぬふりをすれば、自分のときも見過ごしてもらえる。実によろしくない体質です」

園部も重要ファイルを分類しながら厳しい顔をする。

医療現場で予定外の死亡が生じた場合、医師法に基づき、医師は警察に「異状死の届出」をしなければならない。しかし、実際に医療事故で「異状死の届出」をしている病院は稀《まれ》だ。

病院という閉塞《へいそく》された施設内で、不慮の死が発生し、そして隠匿されていく。よほど遺族がおかしいことに感づき立ち上がらない限り、まず医療事故が表に出ることはない。心ある医師や看護師による内部告発もないわけではないが、それこそレアケースだ。

「所長のご友人の真田《さなだ》教授が心臓外科部長を務める仙道国際病院では、きっとその辺の意識は違うんでしょうね」

　さりげなく水を向けてみる。

「仙道国際病院か……確かに真田が現場で目を光らせていたときは、医師が互いの意識と技術を研鑽《けんさん》する方向で動いていたようだけれどね」

「真田教授は、いま現場にいらっしゃらないんですか？」

「ああ。二ヶ月ほど前に、咽頭《いんとう》に悪性の腫瘍《しゅよう》が見つかってね。彼がもっとも信頼している医師がいる、かつてトレーニングを受けたアメリカの病院に入院しているんだ」

「そうだったんですか……」

　だとすると、真田教授から特別に目をかけられてきた莉一《りいち》は、かなり不利な状況に置かれているのではないか。実際、足立《あだち》という心臓外科医からは「他の医者の粗探しばっかりしやがって」と怒鳴られて、ひどく疎まれているようだった。

「特に真田くんの推進していた、術中の様子の映像をダビングして患者に渡すというのが、外科医たちの不評を買っていたようだ。手術ミスの疑いがあると裁判になったとき、映像は誤魔化しようのない証拠になるからね」

　――そういえば、足立医師は「ビデオなんて、もうとっくに処分した」と言ってたな……。

　さらに思い起こせば、同居をして間もなくのころ、たまたま仕事帰りに莉一と同じ電車に乗り合わせて、一緒に駅から家まで夜道を歩いたことがあった。莉一はひどく不機嫌で、かかってきた携帯電話にもずいぶんと鋭い語気で対応していたが、その時もやはりビデオがどうのと言っていた。

なにか手術における重大なトラブルが、仙道国際病院の心臓外科で起こったと見て間違いないだろう。

……トラブルの匂いを嗅《か》ぎつけたからといって、弁護士は自分から鼻を突っ込んでいくものではない。クライアントの依頼があって初めて、トラブルのバックグラウンドを明らかにし、クライアントに有益な証拠を収集するために動くのだ。

——だけど、莉一の仕事の障害になるようなトラブルが起こっているなら、俺はそれを取り除く手助けをしたい。

ここのところ、莉一の苛立ちはピークに達していた。

彼の携帯には頻繁に電話がかかってくる。相手の「井上《いのうえ》さん」は、おそらく病院で航希たちを莉一のいる診察室まで先導してくれた、井上奈緒美《なおみ》だろう。どうやら彼女は莉一の味方らしい。

莉一は夜も熟睡できていないようだった。心臓外科医などという人の生死に直結した仕事をしているだけに、航希は莉一のことが心配だった。このままでは、いつか莉一は手術でミスを犯してしまうのではないか。

それで何度かさりげなく病院で起きているトラブルを聞き出そうとしたものの、莉一はむっつりと押し黙るばかりだった。

——俺だって、曲がりなりにも園部法律事務所の弁護士なんだ。なにか莉一の力になることができるはずだ。

莉一は航希のことを、采登《あやと》の代用品で、性欲と苛立ちを解消する道具程度にしか思っていない。彼の心は采登にあり、しかも香織《かおり》という女性までいる。

香織が婚約者だと聞かされて、ものすごくショックだった。

莉一は采登を愛している。けれども采登は莉一の肉欲を満たすことはないから、せめてその部分だけでも莉一が自分を求めてくれれば、とさもしいことを考えていた。それなら采登が帰ってきても自分は莉一と繋がっていけるのかもしれないと、淡い希望を抱いていた。

それなのに、莉一には香織がいた。

男の身体を満たし、子を宿し、家庭を築ける女性だ。

采登と香織が帰って来たら、自分の場所はどこにもなくなる。

——莉一へのこの想いに、行き着く先なんてない。

それなのに、そうわかっているのに、自分はなんとか莉一の助けになりたいと思っている。

――いったい俺はどれだけ莉一のことを好きなんだ……。

胸のうちに自嘲《じちょう》がぽつんと拡がった。

茶色いコートを着た女性が疲れた足取りで病院の敷地から道路へと出てくる。勤務中はきゅっと小さく団子にしてある髪を下ろしているからちょっと印象は違うが、井上奈緒美に間違いない。

航希はバス停の雨避けの下に置かれたベンチから立ち上がった。

女性へと早足に追いつく。

「すみません、仙道国際病院で心臓外科の看護師をしている井上さん、ですよね」

「え？　はい、そうですけど……」

彼女は訝しげに振り返り、航希を見て目をしばたいた。ありがたいことに航希のことをすぐに思い出してくれる。

「あなた、このあいだ志筑《しづき》先生のところを訪ねてきた方ですよね。女の方と一緒に」

「はい。世良《せら》航希と申します。志筑とは長い知り合いで、弁護士をしています」

爽やかな笑みとともに、航希は名刺を差し出した。

「園部法律事務所って――」

医療関係者で園部法律事務所を知らない者は、かなりの潜りだ。彼女の表情に少し不安そうな影がよぎる。

「ああ、心配しないでください。別に、うちの事務所にそちらの患者さんが駆け込んだ、というようなことはありませんから」

「でしたら、私になんの用が?」

「志筑莉一の友人として、彼のいまの状態が心配なんです」

彼女が莉一の味方である以上、直球勝負でいくことにする。航希は正直に胸のうちを告げた。

「俺は手術のことは詳しくありませんが、気持ちの荒れた状態の彼がこのまま執刀しつづけたら、なにか間違いが起こっても不思議じゃないと思うんです。弁護士という職業柄、多少なりとも彼の力になれるのではないかと自負しています。しかし志筑は昔から問題をひとりで抱え込む傾向が強くて、打ち明けてくれないんです。それで、あなたは彼とよく電話をされているようですし、彼の協力者なのではないかと思って、突然で失礼ですが声をかけさせていただきました」

彼女は用心深い表情で航希を見上げていたが、真剣さは伝わったらしい。

「……志筑先生は、確かにおひとりで問題を抱え込みがちですね。なまじ完璧な方だから、それでやってこられてしまったんでしょうけど。私が一応は信頼してもらえているのは、志筑先生が師事している真田教授の姪《めい》だからなんです」

「真田教授の……そうだったんですか」

井上奈緒美はにこりと笑った。

「こんなところで立ち話もなんですから、移動しませんか？　近くにおいしいコーヒーを淹れてくれるお店があるんですよ」


奈緒美に連れて行かれたのは、レトロな雰囲気漂う、こぢんまりした店だった。

自家焙煎《ばいせん》だという豆で淹れられたコーヒーは、濃くてほろ苦い。砂糖と植物性ミルクを入れると、航希の舌に絶妙に合う味わいになった。コーヒーというより、珈琲だ。「うまいなあ」と呟くと、ブラックのまま飲んでいた奈緒美が向かいの席で微笑んだ。胸元までの黒い髪に、一重の黒い目。奈緒美は派手な美人ではないが、シビアさと温かさを兼ね備えた雰囲気の綺麗な人だ。

「井上さんは、仙道国際病院に長いんですか？」

尋ねると、奈緒美は軽く頷いた。

「看護学校を出てから、ずっといまの病院です。もう十二年になるかしら」

「それなら看護師のプロフェッショナルですね」

「どちらかといえば、心臓外科看護のエキスパートって名乗りたいかな」

奈緒美の顔に生き生きとした輝きが生まれる。

「看護師って、ローテーションで外科、内科、外来……と移動してオールラウンドな能力を身につけていくものなんだけど、うちの病院では看護師が強く希望すれば、ひとつの科で専門的に能力をつけることができるんです。ただ、それだと他の病院に移ったとき潰しが利かないから、希望する人は少ないんですけど」

「仙道国際病院はいろんな試みをしているんですね。そういえば、そちらでは手術の様子を映したものをダビングして、患者さんにお渡ししているそうですね」

心臓外科で起こっているトラブルの核心付近に水を向ける。

「……ええ。理事長と真田教授が打ち出した方針で」

「自分の手術映像なんて俺だったら怖くて見られない気もするけど、皆さん見るんですか?」

「見ない方も多いかもしれませんね。ただ、手術が患者さん本人やご家族の目に触れるかもしれないと思うと、執刀医や手術スタッフにいい影響があるんです」

「いい影響、ですか」

「病院スタッフという身内だけの空間は、どうしてもなあなあになってしまいがちなんです。私語も酷くなったりしますし。患者さんが完全に意識のない全身麻酔での手術だと特にその傾向が強くなります。だから、カメラという『他人の目』を設定することによって、恥ずかしくない仕事をしなければならないって気持ちが引き締まるんです」

「なるほど……」

しかも、人間同士でなら「仲間を売らない」という暗黙の了解によって互いの不都合を隠匿することができるが、機械相手ではそうはいかない。

「そういえば、この間、志筑と取っ組み合いをしていた足立という医師、ビデオは処分したとか言ってましたね？」

「……」

目を伏せたまま奈緒美は口元に当てたカップをぴたりと止めた。彼女の迷いを払うように、航希は低めの声でしっかりと問うた。

「いま心臓外科で起こっているトラブルは、手術絡みのことですね？　足立先生が執刀したオペで、なにか手術映像を処分しなければならないようなことが起こった。そして、志筑とそのことで揉めている」

奈緒美は静かにカップをソーサーへ置くと、目を上げた。

「私は志筑先生を尊敬しています。世良さん、あなたは？」

「専門職に就く身として、志筑の仕事の姿勢や志を見習いたいと、いつも思っています」

「……あなたになら、話しても大丈夫、ね？」

正面から見据えてくる奈緒美に、航希はひとつ力強く頷いた。

井上奈緒美の話によると、一ヶ月ほど前、足立医師は五十三歳の心筋梗塞《こうそく》の男性患者を執刀した。心臓を包む冠動脈の一部が狭まっており、そこを正常に血が流れるようにするバイパス手術だった。手術の危険率は一パーセントから三パーセントで、特に困難な手術ではなかった。

患者の身体の問題が起こらない部位から切り取った血管をバイパス用血管《グラフト》として用い、冠動脈の狭窄《きょうさく》部分を取り除いて、グラフトで繋ぎなおす。人工心肺を用いて心臓を約一時間停止させ、四時間ほどで手術は終了した。

ところがオペの翌日、男性患者は心筋梗塞の発作を起こし、急死したのだった。

おかしいと感じた莉一は、足立医師に手術中の映像を開示するようにと要請した。しかし、足立は知らぬ顔で、埒が明かないと踏んだ莉一はオペに立ち合った看護師を問い詰めた。

そこで判明したのは、手術中に手違いがあったらしいということだった。

なんでも、グラフトで血管を繋ぎ合わせ終わったとき、補佐の若手医師が、手術を予定していた狭窄血管は違う部位ではないかとおそるおそる指摘したのだという。

足立はそんなはずはないと言ったものの、その一センチほど横の脂肪の下に本来バイパスを通すべき血管を見つけてしまう。この手の過ちはときどき起こるものなのだが、バイパスを繋ぎ直すのは手術が長引き、危険を伴う。

足立は、いま繋いだ血管も狭窄が見られ、それが改善されたことにより心臓に血が行き渡るようになったのだから、これでいい、と半逆切れ状態で手術を終了にしたのだという。

患者の遺族は、執刀医は難しい手術でないからまず大丈夫だと言ったのに、と遺体に取りすがりながら泣いたそうだ。そこでまた足立が遺族に冷ややかな言葉を投げたそうで、裁判沙汰《ざた》にするしないというところまで話が行ったらしい。

実際、病院が訴えられるケースでは、医師のぞんざいな対応に遺族感情を逆撫でされて、というパターンが多いのだ。

「……ビデオには、オペ中に間違いを指摘した若手医師と足立医師のやり取りも記録されていたわけですよね」

「ええ。だから看護師から顛末《てんまつ》を聞いた志筑先生は、なんとしてでもビデオを提出させようとしたんです。もし看護師の証言が事実なら、『異状死の届出』を警察に提出しなければなりませんから」

「『異状死の届出』をしている病院は少ないと聞いたことがありますが？」

「うちの病院では提出することになっているんです。真田教授がいたころは心臓外科でもきちんと踏襲していたんですが――いま、教授は私用でアメリカのほうに行ってまして」

奈緒美は私用という言い方をしたが、航希は園部から、真田が咽頭癌《がん》で渡米していると聞いて知っていた。

「そうすると、真田教授の目がないために心臓外科の医療方針が崩れていってるわけですか」

「情けないお話ですけど。しかも、志筑先生が教授に一番弟子扱いされていたのが面白くなかった医師たちが、一部の看護師たちを巻き込んで、志筑先生の患者さんをないがしろにする動きがあるんです。志筑先生はご自分への風当たりだけでぐらつくような人ではありませんが、さすがに患者さんに難が及ぶのは耐えられないようで」

――……莉一、それで苛ついてたのか。

八つ当たりをされるのは嬉しくないが、八つ当たりの内容を知って納得できることはある。

「話しにくいことまで話していただいてしまって、すみませんでした。でも、状況がわかった以上、自分もどうやったら志筑の力になれるか考えることができます。ありがとうございました」

頭を下げると、奈緒美のほうも頭を下げた。

「いいえ。私もなんとか志筑先生のお力に、と思って動いていますが、一介の看護師にできることは少なくて、歯痒かったんです。今日、世良さんとお話しできてよかったです。気持ちが楽になりました」

なにか重要な動きがあったときに連絡できるようにと携帯番号とメールアドレスを交換して、航希は奈緒美と別れた。

別れてから、理事長の娘で、莉一の婚約者でもある香織のことを聞けばよかったかな、と思った。

——聞いたところで苦しくなるだけか。

夜道を歩きながら、悪いことを思った。

——兄貴が、ずっと香織さんを連れたまま、帰ってこなければいいな。


「どういうつもりだ?」

黒いエプロンを拝借してキッチンに立っていると、帰宅した莉一が横に来て、不機嫌な声で訊いてきた。

「どうって、これ、豆腐と人参《にんじん》とゴマの煮付け。母さんから電話でレシピを教えてもらったんだ。莉一、うちに晩飯食べにきてたころ、好物だったろ?」

「料理の話じゃない」

冷ややかな眼差しが、湯気を立てている小ぶりの手鍋《てなべ》から航希へと移される。

「うちの看護師の井上奈緒美を待ち伏せして、病院のことをあれこれ聞き出したそうだな」

「莉一が話してくれなかったから、仕方なく」

「私の仕事のことを嗅ぎまわるな」

「俺には嗅ぎまわる権利がある。仕事でイラつかれて当たられるのは、俺なんだからな」

八つ当たりしている自覚はあったらしい。莉一がむっつりとした表情をする。

航希はエプロンを外し、莉一へと身体を向けた。

「莉一が安心して仕事ができる環境を整える手伝いがしたい。必要なら、医療裁判のスペシャリストの園部所長の知恵だって借りられる」

真剣に申し出たのに、莉一はうざったそうな顔をする。

「病院のことは、私が自分でなんとかする。よけいなことはするな」

拒絶して立ち去ろうとする莉一の背中へと、航希はエプロンを投げつけた。眉間に皺を寄せて莉一が振り返る。航希は声を荒げた。

「どうして、そんなに頑ななんだよっ。困ってるんだろ?」

「……」

「職場の敵から自分の患者を守るのに神経磨《す》り減らして、夜もよく眠れないぐらい心配して」

「やめろ。私はそんな『いいお医者さん』じゃない」

一笑に付そうとする莉一の言葉に、声を被せる。

「あんたは、いい医者だ。技術があって、医療に対する理想があって……なによりちゃんと患者のことを思ってる。俺の同僚の花原《かはら》実有《みう》の弟のことだって、信頼できる心臓外科医を紹介してくれたじゃないか。自分で執刀しないって即決したのは、いまの仙道国際病院では充分なケアをできないかもしれないと思ったからなんだろ?」

眼鏡の奥で、淡色の眸が眇められた。

「……勝手な妄想でものを言うな」

苦々しい口調で続ける。

「君は昔からそうだった。勝手に私のことを、いいようにいいように美化して見る。君のその無駄に夢を見る目が、疎ましくてたまらなくなることがある。――よく思い出せ。私は頭から血を流している君を、台風のなか置き去りにしたような人間なんだぞ」

航希は熱っぽくなっている目を伏せ、ぐっと両手で拳を握った。

「莉一が俺のことをどうでもいいと思ってきたのは、よくわかってる。死んでもかまわないぐらい疎まれてたのもわかってる」

わかっている。だからこそ。

「莉一はどうせ、兄貴が帰ってきたら、また夢中になる。キスのひとつもできなくても、兄貴がいいんだ。香織さんが帰ってきて……もしやっぱり結婚したいって言ったら、彼女が兄貴と浮気してたとしても、莉一はたぶん香織さんと結婚する」

航希はぎこちなく唇を動かした。

「そうしたらもう、俺のことを、いまみたいに見てくれることは、なくなる」

どうしようもなく熱く潤んでしまう目を、無理やり上げた。

無表情に自分を見下ろしている男を見据える。

「だから、いまのうちに近づきたい。もっと近づいて、この関係が終わっても――いざというとき莉一の役に立てる場所に行きたい」

それぐらいしか、自分と莉一を繋ぎ止めるものはないから。

……かすかに、莉一のかたちのいい眉が、歪んだ。

あたかも痛々しいものを見ているかのようだ。

いまの自分は、そんなに惨めだろうか？

惨めなのかもしれない。

昔もいまも、惨めなほど、莉一のことを想っている。

「おやおやおや。世良先生は、医療裁判のお勉強中でちゅか」

クライアントの面談が終わって個室から戻ってきた夏目《なつめ》が、向かいのデスクに手をついて航希の机上を覗き込み、ふざけた口調で言ってきた。

航希がむっつりとした顔を上げると、宮野《みやの》がすうっと寄ってきて、穏やかな声音で言う。

「夏目さん、むさい顔で赤ちゃん言葉を使わないでください」

「むさ、って、おまえ……」

夏目がまともに傷ついた顔をするから、航希はつい噴き出してしまった。

「やっと世良くんの爽やかな笑顔が復活した」

宮野が自身の眉間に人差し指を置いて微笑する。

「最近、ずっとここに皺を寄せて、怖い顔をしていたね。あれじゃ、クライアントさんも相談しづらいよ」

「……すみません」

莉一に関する悩みを仕事場にまで持ち込んでしまったことを恥ずかしく思う。

「宮野、世良の笑顔を引き出すために、俺をむさいなんて貶《おとし》めたのか?」

「夏目さんだって、世良くんを笑わせるために、似合わない赤ちゃん言葉を使ったんでしょう?」

「馬鹿か。誰が」

やわらかく笑って立ち去る宮野を、夏目は軽く睨む。そして、ちょっと赤面して、航希に当たってきた。

「世良。おまえ、最近よくこそこそ携帯で電話してるよな？　オンナだろ？　オンナができて、そんなせつなげーなツラしてんだろ」

夏目の世界はなんでも女に結びついて成立しているらしい。

「違いますよ」

「なにやってる何歳のオンナだ？」

「だから、違いますって……」

と言っているうちに、航希の携帯が小刻みにブブブ……と振動して、電話の着信を知らせる。

航希はディスプレイを覗いた。井上奈緒美からだ。「すみません」と夏目に声をかけて、部屋の隅のパーテーションと観葉植物で目隠しされている休憩スペースへと入った。

「はい、世良です」

『井上ですけど、いまお時間大丈夫ですか？』

「大丈夫ですよ。なにか新しい動きがあったんですか？」

『それが、ついさっき、志筑先生の患者さんの容体が急変して、いまも危険な状態なんです。それが昨日当直だった足立先生の対処に問題があったせいらしくて。それで、志筑先生が足立先生を殴って、大騒ぎになってしまって』

「そんなことが……」

『志筑先生は今日は午前中に大きいオペをすませて午後は空いていたので、いまICUで患者さんにつきっきりになってます。あんな荒れてる姿を見たの初めてで——ちょっと誰も声をかけられないような状態なんです。それで、できれば志筑先生と親しい世良さんに来ていただけたらって思って。もちろん、お仕事が終わってからでいいんです』

「わかりました。七時前にはそちらに伺えると思います」

『ありがとうございます。よろしくお願いします』

電話を切って、ふっと溜め息をついた瞬間。

「世良ぁ、やっぱりオンナだろぉ」

後ろから恨めしげな声が響く。

振り返ると、口をへの字にした夏目が真後ろに立っていた。

「なに、盗み聞きしてるんですかっ」

「どんな彼女なんだ？　美人系、可愛い系、綺麗系、年上、年下、痩せ型、ぽっちゃり型」

「だから彼女じゃないです。知り合いのところの看護師で……」

思わず言ってしまってから、しまったと思う。夏目の目は爛々《らんらん》と光っていた。

「看護師！　看護師、いいねぇ。世良、俺に白衣の天使との出会いをセッティングしろ」

果たしてこれは、航希の気分を上げようとして気を遣ってくれているのか、それとも単に看護師と合コンをしたいだけなのか。

おそらく後者の比重が八十パーセントだろう。

航希はしつこく喰い下がってくる夏目を軽くいなして休憩エリアを脱出した。


六時半に事務所を出た航希は、電車で仙道国際病院へと向かった。

吹き抜けになっている一階のロビーで、ナース服に紺色のカーディガンを羽織った奈緒美が待っていてくれた。彼女に案内されてＩＣＵへと向かう。

「それで、患者さんの具合はどうなんですか？」

「一進一退です」

廊下を歩きながら、奈緒美は声をひそめて続けた。

「こうして患者さんに被害が出た以上、足立先生が執刀したあとに亡くなられた患者さんの件も含めて、きちんとケジメをつけないといけないと思うんです」

確かに、問題がふたたび起こらないように、早めに決着させる必要がある。

ＩＣＵの前に着く。大きな嵌《は》め殺しのガラス窓から、なかの様子が見られるようになっている。器具に囲まれたベッドのうえにいるのは十代後半といった感じの少年だった。

そして、ベッドの横に置かれた椅子には白衣の男の姿があった。莉一だ。

いつも綺麗に整えられている髪は、ばらりと額に落ちていた。深く俯いているせいで目元は陰になっていて表情は見えないが、消沈している様子はありありと伝わってきた。

「志筑先生、他の者には任せないで、ずっとああしてつき添ってるんです……ちょっと呼んできますね」

ＩＣＵのドアへと向かおうとする奈緒美を、しかし航希はそっと肘を掴んで止めた。

「……いまの彼の気持ちを持ち上げることは、俺にはできないと思います」

采登ならできるかもしれない。でも、きっと自分の言葉は、あそこまで追い詰められている莉一には届かない。逆に刺激しかねないだろう。

「志筑は明日の土曜日は仕事が入ってるんですか？」

「いえ、オフのはずです」

「それなら、このまま気が済むまで、あの患者さんについていさせてあげたい。それが一番、彼にとって納得のいく方法だと思うから」

「……そうなのかもしれませんね。世良さんに無理を言って来ていただいてしまって、申し訳なかったです。このままお帰りになりますか？」

「いえ、廊下のソファをお借りできるなら、そこで待っていようと思います」

奈緒美が用意してくれた毛布にくるまって、航希は廊下のソファアに腰掛けた。ときおり慌ただしく通りすぎる看護師以外、廊下を通る者はいない。夜が更けていくほど、消毒液めいた冷たい静けさが耳を塞《ふさ》いでいった。

航希は頻繁にＩＣＵを覗き込んだ。その度に、莉一は患者の毛布を整えたり、心電図モニターを見上げたりして、心を配っていた。

と、点滴へと伸ばしかけた莉一の右手が止まった。指が宙を引っ掻くみたいなかたちで折れ曲がっている。手の甲に筋が浮いている。

——硬直、してる？

前にもこんなことがあった気がした。

——そうだ。初めて莉一の家に上げてもらったとき……。

九歳のころの記憶が鮮明に甦ってくる。アイスミントティーを飲んでいた。電話がかかってきて、莉一がそれに出る。父親からのようだった。その電話が終わったあと、莉一は蝋人形のように動かなくなったのだ。右腕を強張らせて。

「………」

ＩＣＵのなか、莉一は蒼い顔をしておのれの右腕を左手で掴んでいた。どういう症状なのかはわからないが、彼の心の乱れは痛いほど航希には伝わっていた。

冷然とした若き天才心臓外科医の姿は失われていた。

あるのは、胸を痛め、自責の念に駆られる、誠実な男の姿だった。

それから十時間後、朝の五時過ぎ。

毛布に埋もれてうつらうつらしていた航希がハッと目を開けると、すぐ前に莉一が立っていた。目の下には薄く隈《くま》が浮き、疲弊した顔をしている。

「ここでなにをしてる?」

その声は少し濁って掠れていた。

「なにって……あんたを待ってた」

「また井上さんが余計な報告でもしたんだな」と莉一は眉間に皺を寄せた。

航希は目を擦りながら尋ねる。

「患者さん、もう大丈夫なのか?」

「ああ。山は越した」

疲れ果ててはいるものの、莉一の表情はいくぶん穏やかだった。ひと晩つき添ったことで、自身の気持ちも多少は落ち着いたのだろう。

「そうなんだ。よかった」

まだ寝ぼけている顔で少しだけ笑ってみせると、莉一も少しだけ目を細めた。

「とりあえずは、な。根幹の問題は残ったままだが——今日はもう帰ろう」

莉一が帰り支度をしてくるのをロビーで待ち、ふたりで病院の通用口から外に出た。

冬の夜明けは遅く、空には一面、かすかに青い光をまぶした紺色が広がっていた。その空から凍てつく風が吹き降りる。肌の肌理を突き抜けて、身体の芯まで刺さってくる寒さに、航希はぶるっと身体を震わせた。

鼻の奥がむずりとして、次の瞬間くしゃみが出た。やはり冷える病院の廊下で毛布一枚にくるまって夜明かしをしたのはきつかったらしい。

くしゃみをして立ち止まってしまった分、莉一は先に行っていた。ずいぶん早足だ。靴底がアスファルトを叩く硬い音が、静けさのなかに響く。

どんどん距離が離れていく。

航希も足を速めようとしたけれども、またくしゃみが出た。今度は立てつづけに出たから、前屈みになって立ちすくんでしまう。

ようやっと治まって顔を上げると、莉一はすでに病院の敷地から出ようとしているところだった。そのすらりとした後ろ姿に、航希は冷ややかな無関心を感じ取る。

莉一にしてみれば、勝手に待っていて勝手に風邪をひいて厄介なヤツだ、ぐらいの気持ちなのだろう。

「……」

――こうやって、いっつも俺は置いてかれるんだな。

槐樹の木の下で初めてのキスをされたときも、嵐の日に公園で怪我をしたときも、そし

ていまも。

なんだか走って追い縋る気持ちも萎《な》えて、それでも少しだけ歩調を速める。

胸の奥底から搾り出されるように、深い溜め息がひとつ零れた。それは大気に真っ白くて儚《はかな》いかたちを描く。

病院前の道路へと出て見まわすけれども、どこにも莉一の姿はなかった。

完全に置いていかれた。

力なく目を伏せて、航希は駅のほうへと歩道を歩きだす。

頬と鼻の頭が赤くなっているのが自分でもわかった。寒さのせいだけではない。

こんなことで泣きそうになっている自分が、本当に嫌だった。

鼻がぐじゅぐじゅして呼吸するのがつらい。

この角を曲がって、しばらく歩けば駅だ。曲がって数歩進んだところで。

「航希」

名前を呼ばれた。

びっくりして顔を上げると、少し離れたところに莉一が立っている。その横にはタクシーが停まっていた。

「……」

立ちすくんでしまった航希を訝しむように、莉一がもう一度「航希」と名前を呼ぶ。

航希はぐっと口角を下げて顔面に力を入れてから歩きだした。タクシーの暖かな内部へと、航希は莉一によって押し込まれた。シートに並んで座る。莉一が自宅の場所をドライバーに告げ、背をシートに沈める。

視線が合った。

「――寒いか？」

尋ねられて、首を横に振る。

「風邪をひかせて、悪かった」

もう一度首を横に振って、航希は莉一に背を向けるように窓のほうへと身体を傾け、ぐっと目を閉じた。

瞼の内側が、だらしなく潤む。

嬉しい。

莉一が自分を気遣って、すぐに乗り込めるようにと流しのタクシーを捕まえてくれたことが嬉しい。莉一が優しい言葉をかけてくれたことが、嬉しくてたまらない。

車のエンジン音のなか莉一を横に感じているのは、あの高台の公園へ向かったバスのなかを思い出させた。

これまでの莉一との思い出のなかで、一番幸せだった時間。それが十四年の歳月を越えて、ふたたび巡ってきていた。胸のなかが、とても温かい。

嗚咽を殺す喉が震えた。

家に帰り、熱い湯船で身体を温めてからベッドに入る。ナイトテーブルのうえに置かれた時計は、六時を示していた。突き上げるような咳がときどき出た。喉が重く痛む。どうやら本格的に風邪をひいたらしかった。

しばらくしてから、風呂を使った莉一も寝室に入ってくる。

起こされて、ヨーグルトと風邪薬を胃に入れさせられた。

「塩酸ジフェンヒドラミンが入っているから、ぐっすり眠れるはずだ」

「塩酸？」

「抗ヒスタミン剤の一種で、眠くなる成分だ」

説明しながら、莉一は航希の身体を横たわらせようとする。航希はそれに抵抗した。

「俺、別の部屋で寝る。下のソファでいい」

「なにを言ってるんだ、病人が」

「……風邪、感染《うつ》すとまずいだろ。莉一には患者がいるんだし」

薄い色の眸が間近に覗き込んできた。

「感染らないように、キスはしない」

「……」

医者のくせにキスをしなければ感染しないと主張するのはどうかと思いつつも、莉一が眼鏡を外す仕種にどきりとして言葉が出なくなってしまう。

やんわりと押し倒されて、航希はベッドへと身を沈めた。莉一の腕にころりと抱かれたまま、布団が鼻先までかけられる。もう片方の腕も腰に力強く絡みついてきて、莉一の胸元に深く抱き込まれる。

莉一の体温が、じんっと伝わってくる。

重なる胸に感じる、強い鼓動。

腰を抱いていた手が尾骶骨へと流れて、そっと背骨を辿るように項に向かって上っていく。首の骨を数える触り方。長い指が髪をくぐって頭皮に触れる。耳の後ろのあたりをやわやわと擦られると溜め息が漏れた。

莉一もさすがに眠いらしい。頭を撫でる手の動きが次第にゆるやかになっていく。呼吸が落ちていく。航希の頭を抱えたまま、ついに手が止まった。

そして莉一は、眠りに落ちる最後の溜め息で呟いた。

「航希」

……心臓が、止まりそうになった。

いま、莉一は確かに自分の名を呼んだ。この寝室で、初めて「航希」と。

航希は抱き締められた腕のなかで、動転して瞬きを繰り返す。

どういうことだろう。今日の莉一は、自分のことを航希として扱ったということだろうか？ いまさっきの慰撫は、自分に対してのものだったのだろうか？

この優しい抱擁を、自分のものだと思っても、いいのだろうか？

「——莉一……俺は、航希だぞ？」

確かめたくて小さく尋ねた声は震えた。

「ん……」

眠ったまま、莉一が応えるように抱き締めなおしてくる。

頭のなかが真っ白になるような幸福感が、どうしようもなく込み上げてきた。受け止めきれないぐらいの感情の波に、戸惑う。

戸惑いながら、航希はぎこちなく腕を莉一の背へと回した。

抱きつく。

——このまま、ずっと、眠らないでいたい。

眠ってしまったら、この儚い交流は二度と訪れない。そんな予感がある。だから、このまま、ずっとずっといまの時間を繋ぎとめておきたい。

そう強く希うのに、風邪薬のなかの眠りの成分は、確実に航希の意識を蝕《むしば》みはじめていた。

瞼がとても重い。呼吸が、次第にゆるやかになっていく。莉一を抱く腕の感覚が朧《おぼろ》になっていく。

「…………イヤだ」

眠りを拒絶する言葉はしかし、もつれる舌のうえで溶ける。いよいよ意識を失うというとき、航希はあるだけの力で莉一を抱き締めた。

6

風邪による喉の腫れや咳も週明けにはだいぶ治まり、航希《こうき》は月曜日から出勤することができた。水曜日の今日は、もうどこにも不調は見られない。

おそらく莉一《りいち》の薬のセレクトがよかったのと、生姜湯《しょうがゆ》だお粥《かゆ》だ月見うどんだと、こまめに滋養をつけさせてくれたお陰だろう。

……航希が予感したとおり、土曜の早朝の甘やかな親密さがふたたび莉一と「航希」のあいだに訪れることはなかった。

それどころか、寝室ですら莉一は航希にまったく触ってこなくなってしまった。

五日間もキスをされないのは、同居してから初めてで、唇が無性に淋しい。セックスもまったくしていなかった。

ただ寝室以外の場所で、以前より莉一が少しだけ優しくなったような気はしている。

たとえば、今日の夕食は風邪がぶり返さないように焼肉でスタミナ補給をしようと言ってくれた。

莉一は帰りが少し遅くなるかもしれないから、食材は航希が近所のスーパーで買って帰ることになった。それでいま、こうして黄色いプラスチック製の買い物カゴに椎茸《しいたけ》を入れているわけだ。三日後にクリスマスを控えて、店内には緑と赤のディスプレイが施され、「もろびとこぞりて」がキンキンとした薄っぺらい音で流されている。

フロアの外周で野菜と肉を買い揃《そろ》える。

焼肉のタレは家にもあったが、有名焼肉店でも使われている白ゴマ入りのものも買おう。航希拘《こだわ》りの逸品で、焼肉のときはそのタレと決めている。もし莉一も気に入ってくれたらすごく嬉しい。

タレを求めて棚のあいだへと入り込んだときだった。コートのポケットでメロディが鳴りはじめる。もしかしたら莉一からだろうかと、慌てて携帯電話を掴み出す。しかし、ディスプレイに表示されている番号は未登録の０９０始まりの番号だった。

訝しく思いながらも電話に出る。

「もしもし？」

『あー、俺』

航希はあやうく携帯電話を取り落としそうになった。

——………この声……。

『今晩、おまえんとこ泊めて。なんか俺んち、なくなってやんの。ナカムラって表札かかっててさ。ちょっと二ヶ月ぐらい空けてただけなのにもう次のヤツが住んでるなんて、ひでぇよなぁ。あ、家具とかってもしかして航希が引き取ってくれてんの？　ま、家具は九十パーセント客からの貢物だから、大して惜しくもないんだけどな。ていうか、おまえ何時ごろ帰るんだよ？』

なにからどう答えればいいのか、それ以前にどんな声音を出すべきなのかすら、航希にはわからない。唖然《あぜん》としすぎて声帯は固まってしまっていた。

『おーい、航希ぃ』

「……」

『なに？　電波でも悪いのか？　もしもーし、航希ぃ？』

航希は無言のまま携帯を耳から離した。そして、電源キーへと親指を乗せた。ぷつっと押して、そのまま押しつづける。ディスプレイにオフ映像が流れて、黒くダウンする。

電源を切った電話をコートのポケットに突っ込んで、航希はなにもなかったように歩きだす。

――焼肉のタレ、買わないとな。

足が自然と早くなる。視線を左右の棚へと彷徨《さまよ》わせながら進んでいく。しかし、航希の目はまともにものを映していなかった。しばらく歩きまわって、さっきも歩いた場所をうろついているのに気づく。

なんとか目的の焼肉のタレを見つけて、買い物カゴに入れる。

レジでは一万円札と千円札を間違って差し出し、レジ袋の口を開くとき、手の力を加減できなくて破りそうになってしまう。莉一の家までの道の十字路で、危うく車とぶつかりそうになった。帰宅してからは、いったい何人で食べるのだというぐらい大量の野菜を切り刻み、焼肉用の鉄鍋をキッチンの棚から出すのに横の鍋類まで引っ張り出して床にガランガランと落としてしまった。

鍋をしまっていると莉一が帰ってきて、広いリビングルームのキッチン寄りに置かれたダイニングテーブルを囲んでの食事が始まる。なにを食べているのか、味もよくわからない。航希の買ってきた焼肉のタレを莉一は気に入ってくれた。嬉しさに比例して、苦しさが増していく。

——もう、この生活も終わりなんだ。

必死に考えまいとしていたのに、焼肉のタレの容器を手にとって商品名を確かめている莉一を見ていたら、ふいにその事実が胸のなかにぽっかりと浮かんできた。

先刻の、兄からの電話。

まるで悪びれた様子はなかった。采登《あやと》はそういう人間なのだ。図々しくて、意地悪で、ずるくて、ぐだぐだで……魔法でも使っているかのように人を魅了する。

采登が目の前に現れたら、莉一は一瞬にしてまた采登しか目に入らなくなる。

抱き締められなくても、キスできなくても、セックスをできなくても、莉一は采登がいいのだ。

身も心もすべてを投げ出しても、自分は兄には決して敵わない。

「航希?」

さすがに航希の様子のおかしさに気づいたらしい。莉一がじっと見つめてくる。

「顔色が悪い。風邪がぶり返したのか?」

「……風邪じゃない。だいじょうぶ」

そう答える声はひどく掠れて、かえって風邪っぽく莉一の目には映ったようだ。彼は立ち上がると、テーブルを回って航希の横に立った。自然と俯いてしまう航希の前髪がさらりと払われて、額をひんやりした掌で包まれる。

「熱は出ていないようだが、油断できないな。焼肉なんて重いものを食べさせて悪かった」

心配の色が混じる声で、莉一が謝る。

この二ヶ月で、自分と莉一の距離がこれまでになく近いものになったのは確かだ。

『だから、いまのうちに近づきたい。もっと近づいて、この関係が終わっても——いざというとき莉一の役に立てる場所に行きたい』

一週間ほど前に希ったことは、もしかすると叶えられたのかもしれない。

采登が戻ってきて、香織も戻ってきて、莉一は香織と結婚して。そうなったとしても、病院関係のトラブルで弁護士が必要となったとき、あるいは法的な知識が欲しいとき、莉一は自分に連絡をくれるのではないだろうか。そういうかたちの信頼は獲得できた気がする。

だったら、それで満足すべきなのに。

けれど所詮《しょせん》、心などというものはご都合主義なのだ。

希ったところまで辿り着いたのに、さもしくも、またさらにその先の希いが生まれてしまっていた。

「胃がもたれるなら、胃薬でも飲んでおくか？」

額から離れていこうとする手を航希は両手で掴んだ。そして、呟く。

「平気だから——……」

「ん？　なんだ？」

よく聞こえなかったらしく、莉一が身体を伏せてくる。頬に吐息を感じる距離。頬や首筋が、苦しい熱に熟みだす。

航希は莉一の掌に顔を埋めるようにして、なんとか声を搾り出した。

「風邪じゃない……だから、キスしてくれよ」

「……」

莉一は気づいていたのだろうか？　寝室ではない場所でいくら淫らなセックスをしても、唇だけは重ねていなかったことを。

「航希」にはキスは与えられなかったのだ。その与えられなかったものを、いまどうしても欲しい。すぐそこまで来ている終わりに追いつかれる前に。

少しの沈黙ののち、両手で掴んでいる莉一の手が動いた。顎の下に親指が入ってくる。他の指が頬をへこませる。顔を自然な力で莉一のほうへと仰向けられる。

眼鏡のむこう、莉一の長い睫は伏せられていた。彼が首を傾《かし》げるようにすると、淡い色の髪が額に流れる。

唇が触れ合った瞬間、心臓が竦んだ。

寝室でしてきたキスとは違う感触、まるで剥き出しの快楽神経に触れられたように、衝撃的な酩酊《めいてい》感が一気に押し寄せてきた。ただ触れているだけなのに、頭のなかが白くなりそうになる。息が苦しくて、航希は唇を大きく開いた。重なる唇の隙間から酸素を求める。

莉一は誘われたように思ったのかもしれない。

航希の開いた唇に唇を深く噛み合わせてきた。濡れたやわらかい舌が、接合する場所から入ってくる。舌をねっとりと舐められ、味わわれる。それだけで激しい痺れが訪れて、航希は椅子がガタリと音をたてるほど身体を跳ねさせた。

「ん……ふっ――――んん」

ちゅ、ぷちゅっという恥ずかしい水音が頭のなかに直接響く。

口蓋を這いまわる舌先。いたたまれない感触に航希は莉一の手首をぐっと握り締め、きつく目を閉じた。過敏になりすぎているのはわかっている。それでも体感を殺すことはできなかった。

心臓が激しく打つのと連動して、下腹もどくりどくりと熱く脈打つ。性器の中枢を通る管が、椅子に押しつけている臀部の底が、熱を孕む。

キスだけなのに、果ててしまいそうな不安定な波が絶えず湧き上がってくる。

粘膜という粘膜が、淫らに潤んでいくようだった。

……さっきまで食べ物を取り込んでいたように、莉一を取り込んでしまいたい。そう希うのに、ふいに口腔を満たしていた舌がずるりと抜かれた。唇が離れる。

目を開けると、妙に視界が濁っていた。

莉一がテーブルのうえの鉄板のサイドについている摘みを捻《ひね》って、電源を落とす。焼いていた玉葱やキャベツや肉は半ば炭化して、もくもくと灰色の煙を発していた。

目に、煙が沁みる。

「すまない、つい……」

濡れそぼった唇のまま、莉一が謝る。

莉一もまたキスだけで欲情したのかもしれない。その肌はほのかに上気していた。おのれの欲を噛み殺すかのように、莉一の口の横の筋がひくりと蠢く。罪悪感じみたものが顔に滲んでいるのは、采登を裏切ったような気持ちになっているからかもしれない。

莉一の心を采登から剥がしたいという希いに、航希は衝き動かされた。

——いまだけでも、いいから。

椅子からずり落ちるようにして、航希は床に両膝をついた。莉一の腰に縋りつく。

「航希、どうし……」

テーブルに腰を預けるかたちになった莉一のスラックスのジッパーに、航希は唇を押しつけた。そこは少し硬く張っている。舌を出して、そのしこりを布越しにちろちろと舐める。航希の意図に気づいた莉一が、慌てて額に手を置いてきて、行為をやめさせようとする。

「やめろ。そんなことはしなくていい」

これまでの莉一のセックスは、一方的なものだった。航希にはなんの奉仕も求めずに、ただ航希の身体を煽り、苛《さいな》んだ。だから、こんなふうに航希が自分から莉一を愛撫するのは初めてのことだった。

「航希っ」

叱《しか》り声だったがしかし、唇で辿るものは確実に硬度を増して、欲を主張した。スラックスの厚い布地がもどかしくて、ベルトに鼻を押し当てて、ジッパーの金具を舌で探す。見つけた小さな鉄を前歯で噛んで引き下げた。ダークグレイのボクサータイプの下着の前が、開いたジッパーのあいだからせり出してくる。

先端の部分の布は一段、色合いが濃くなっている。そこに唇を当てると、ぬるりと布が滑った。莉一の脚がぶるっと震えた。その腿を両手で撫で摩《さす》る。

薄い布の染みを拡げるように、航希はそこを丹念に舐めた。

「……っ」

長い十本の指が、髪に這い込んでくる。やめさせようとしているのか、さらなる愛撫を求めているのかわからない微妙な力で、頭が締めつけられる。

かたちも露わな双玉や裏のラインを咥えては吸う。段差を舌でくじり、亀頭を濡れそぼった布ごと口に含む。

そうしながら、航希の茎も完全に反応してしまっていた。濡れた下着がまとわりつく感覚にすら、腰が縒れてしまう。

もう自分のほうが長くもたなそうで、航希は莉一の下着の前を掻き分けた。押さえつけられていたペニスが宙で撓る。先端から、透明な蜜が糸を縒って滴る。それを航希は舌で受け止めた。

生の器官は、とても熱くて、いやらしい舌触りだった。

「んっ――む」

尖頭《せんとう》から口腔に含んでいく。けれども質量の大きなそれは、とても口には入りきらない。

莉一にされたときに気持ちよかったやり方を思い出して、大きな飴玉《あめだま》を転がすように、なめらかな亀頭を舌で転がす。温かな唾液にまみれたものが口内でヒクつく。

「あ、航希……」

掠れた声には、切羽詰った色があった。その声音に、航希の性器は戦慄いた。

——出、そ……。

自身の快楽に追い詰められて、航希は口腔をきゅっと締めた。潮っぽい味のする液がじゅくっと溢れる。

堪えきれなくなったように、莉一は航希の頭をきつく掴むと、狭い口のなかへとペニスを出し挿れした。唇を淫らに捲りながら抜いたかと思うと、今度はぐうっと押し込まれる。唇が熱く腫れていく。

「っ、く」

唇から勢いよく引き抜かれたものが、急に弾けた。

口元に鼻筋に瞼に頬に、びゅるびゅるっと重い粘液が叩きつけられる。

「あ……」

ねっとりと垂れたものが、だらしなく開いたままになっている唇を伝い、口内へと流れ込んできた。苦みのあるそれを、航希は飲み込む。目も開けられないまま、両手で自分の顔を撫でる。指にどろっとしたものが付着する。それを口元へと運ぶ。指に伝う白濁を、舐め、すすった。

唾液に混ぜて、こくりこくりと飲み込む。そうすると、莉一を取り込んでいると感じる

ことができて……。

「――――ぁ、あっ」

航希の腰がふいにがっくりと床に落ちた。身体がガクガクと震えだす。慌てて、自身のスラックスの前を両手で押さえたが奔流を止めることはできなかった。下着のなかに濃密な欲を大量に漏らしてしまう。

なにが起こったのか、莉一にもわかったに違いない。

睫のラインを莉一の指で丁寧に拭われて、航希はおそるおそる目を開く。莉一はすでに下腹の乱れを直していて、薄く紅潮が残る顔に難しい表情を浮かべていた。それは、不貞を悔いる男の表情だった。

航希は息を乱したまま、自分が莉一に犯させることができた過ちを噛み締める。

明日にでも、いや、数時間後、数分後にも、采登は莉一の前に現れるかもしれない。

そうしたら、この関係は終わる。

莉一は幾度か苦しげな溜め息をつき、そして航希と自身に言い聞かせるように呟く。

「やはり、君は体調がよくないんだろう。それでおかしくなっているんだ」

そんなふうに流さないでほしい。

ずっとずっと胸に溜まっていた言葉を、航希は口にする。

「なんで、兄貴じゃなきゃダメなんだよ…」

——なんで俺じゃダメなんだよ?

その言外の問いかけまで、莉一に伝わったかどうかはわからなかったが。

莉一がうつろに呟く。

「私は采登がいないと、まともでいられないんだ」

「……」

航希に背を向けて、莉一は汚れた皿へと手を伸ばす。

「片付けは私がしておくから、君は風呂を使って、今日はもう休むんだ」


クリスマスイブは朝から天気がよくなかった。

空はまるで灰色の綿を満遍なく敷き詰めたようだ。そのむこうの陽の光が綿に濾過《ろか》されて、空一面が全体的にほの昏《ぐら》く発光して見えた。街は無彩色のベールをかけられて、色合いを濁らせている。

園部《そのべ》法律事務所の面々は、それぞれの夜の予定のために、朝からフル稼動で仕事を片付けていった。そして、六時半には、園部所長は料理上手の妻と娘ふたりと、花原実有《かはらみう》は商社マンの彼氏と過ごすために事務所をあとにした。七時には、夏目《なつめ》と宮野《みやの》が連れ立って帰っていった。なんでも、恋人がいない者同士、クラブのパーティに行くのだそうだ。八時にはもう、航希ひとりががらんとしたフロアにいるだけだった。

事務所の戸締りをして、駅へと向かう。途中、寒いなかミニスカートのサンタ風コスプレで頑張っているパン屋の女の子から、クリスマスケーキを買った。

莉一は今日は難しい手術があるそうで、患者の容体次第では帰れないかもしれないと言っていた。クリスマスの料理は、通いの家政婦が加熱すれば食べられるように、今日のうちに用意してくれているはずだ。

……采登からの電話があってから二日がたつが、航希は携帯電話の電源を切りつづけていたから、連絡は取れていなかった。兄のことだ。どうせ実家か友人の家にでも悪びれずに転がり込んでいるのだろう。

莉一とはまだ連絡を取っていないようだが、采登が莉一の婚約者を連れ去ったのなら、いくら厚顔無恥な男でもさすがに気まずいのだろう。

電車を降りて、莉一の家まで歩きながら、空を見上げる。

雲は相変わらず空に蓋《ふた》をしていて、月も星も見えなかった。

背の高い槐樹の木のある真っ暗な家へと帰り、リビングルームのダウンライトとシーリングライトを点ける。カーテンを開けて、煌々《こうこう》とした光を外へと放つ。莉一が昔の家で毎晩明かりを放ちつづけた気持ちが、妙に身に沁みた。

大切な人に、ここに辿り着いてほしい。ここで待っているから……いつまでも、待っているから。

冷蔵庫にはローストチキンやパスタのルーが、コンロに置かれた鍋にはクレソンとじゃがいものクリームスープがたっぷり作ってある。航希はレタスを千切って、キュウリやトマト、セロリを適当な大きさに切った。ドレッシングは、生姜風味の和風にしよう。実家の母親がよく作っていたもので、莉一はそれが一番好きだった。

ミキサーでドレッシングを作り終わったちょうどその時だった。

玄関でドアが開く音がした。航希はキッチンからリビングに抜け、玄関へ続く廊下を覗いた。

アクアスキュータムの品のいいラインのロングコートを纏い、手にドクターズバッグと紙袋を提げた男が廊下を歩いてくる。

「おかえり」

「ああ、ただいま」

「手術した患者さん、大丈夫だったんだ?」

「心臓の動きは順調で出血も見られないから、帰って来た」

「そうか。うまくいってよかった」

「予断は許さないがな」

鞄と紙袋を壁際の床に置くと、莉一は脱いだコートとジャケットを、瀟洒なアイアン製の外套《がいとう》掛けにかけた。その美術品のような佇まいの外套掛けも、昔の莉一の家のリビングにあったものだ。

航希は懐かしい気持ちで口にする。

「その掛けるやつ、同じのが欲しいって母親に泣きついたけど、速攻で却下されたんだ」

「——前の家のだって、よくわかったな」

いまさらのことを言われて、航希は笑ってしまう。

「だって、この部屋の家具、ほとんどそうだろ」

「ああ。両親が離婚したときに、どちらもいらないと言ったから——」

莉一が軽く喉で笑う。

「この家には、いらないと言われたものばかり残ってる」

感傷的な匂いはないが、そのなかには莉一自身も含まれているように、航希には感じられた。

「ケーキ、航希も買ってきたのか？」

外套掛けから離れた莉一が、ダイニングテーブルのうえの箱を見て訊いてくる。

「え、うん……て、『も』ってまさか」

床に置かれた立方体に近いかたちをした紙袋を、航希は指差した。

「あれもケーキだとか？」

「ああ。一応、予約しておいたんだ」

わざわざ今夜のためにクリスマスケーキを確保してくれていたのかと思うと、胸に温もりが広がる。

「……これでクリスマスツリーがあったら完璧だよな。そういえば、隣に住んでたころ、十二月になると莉一の家の窓際にツリーが飾ってあったよな？　すごく大きいやつ」

「家政婦が飾ってくれていたやつか」

「俺も飾りつけ手伝ったことある」

ちょうど采登と一緒に遊びに行っていたとき、家政婦が大小の箱を山積みにして、作り物のモミの木を組み立てはじめたのだ。航希は大喜びで手伝った。

「そんなこと、あったかな？」

どうやら莉一は覚えていないらしい。首をひねる。

――そりゃ、覚えてないよな。莉一は大画面テレビでゲームやってる兄貴しか見てなかったんだろうから。

それでも、出来上がったツリーの電飾をチカチカさせたとき、莉一が「綺麗だな」と微笑んでくれて、すごく嬉しかった。しかし我ながら「いじらしい」のだか「いじましい」のだか、微妙なエピソードだ。

ちょっと苦い顔をしていると、

「あのクリスマスツリーなら、そのまま物置に入れてあるはずだ……出してみるか？」

そう言われたとたん、ツリーを見て微笑してくれる莉一の顔が目に浮かんだ。もう一度、どうしてもその顔が見たくなった。

「でも、いまから飾っても明後日にはしまうことになるか」

「いいよ。明後日まで愉しめれば充分だって。飾ろうっ」

物置には棚がいくつも並べられていて、クリスマスツリー一式を探すのに少し手間取った。埃を被った箱を次々にリビングへと運び込む。

「じゃあ、俺がちゃっちゃと作るな」

モミの木の箱を開けながら言うと、莉一が箱のむこうに片膝を立てて座った。

「私も手伝おう」

「え？　いいよ。疲れてんだろ？　風呂とか使ってくれれば？」

「ふたりでやったほうが早いだろう」

莉一が早速、モミの木の足場になるプラスチックのパーツを組み立てだす。

……莉一と一緒に、クリスマスツリーを作っている。子供のころの自分だったら、嬉しすぎて涙と鼻水を垂らしてしまったことだろう。二十六歳のいまですら、胸が痛いぐらい熱い。

ふたりでモミの木のひと枝ひと枝を丁寧に伸ばし、縮こまったプラスチックの葉を丹念に広げていく。次第にモミの木は膨らんで、それらしくなっていく。木が出来上がったら、飾りつけだ。電飾に電気を通してみて、光らないものはスペアの電球に替える。

まずは電飾と銀色のモールを巻きつけてしまってから、ピカピカ輝く色とりどりのボールのオーナメントを吊るす。そして銀色の氷柱や、それぞれに楽器を手にした天使たちを、枝に引っ掛けていく。

「懐かしいな。十三年ぶりだ」

最後の仕上げ、天辺に金色の星を載せながら莉一が呟く。

十三年ぶりということは、隣から引っ越していってからは飾らなかったということだ。

航希はシーリングライトを消してダウンライトの光を絞ると、電飾のプラグをふたたびコンセントに差した。薄暗闇のなか、チカチカと互い違いに小さな電球が瞬きだす。

莉一の横に立って、ツリーを見つめる。

子供のころ、とてつもなく巨大に見えたクリスマスツリーは、記憶にあるほど大きくはなかった。航希の身長と莉一の身長の、ちょうど真ん中ぐらいの高さだ。

「……綺麗だな」

莉一が呟く。見上げれば、その横顔は微笑んでいた。

その顔を見ていたら、莉一を好きだという想いが胸で膨らんだ。けれど、それは決して受け入れてもらえない想いだ。喉まで溢れてきた言葉を、無理無理に呑み込む。

「次はディナーの用意をするか」

愉しげな様子の莉一に、航希は喉を詰まらせたまま頷きを返した。


ふたりでキッチンに立ってオーブンで料理を加熱し、パスタを茹《ゆ》で、スープを温めなおす。ダイニングテーブルに豪勢な料理を並べ、真ん中にケーキふたつを並べた。

「なんか、莉一のケーキ、すごいな……」

繊細なレースをふわりとかけたように、サイドまで綺麗に生クリームでデコレーションされたホールケーキのうえには、ベリー系の果物がぎっしりと円を描いて並べられている。ブルーベリーがやや多めだから、落ち着いた品のいい色合いだ。その赤紫に輝く円の中央に開けられた空間にはチョコレートで「Merry X'mas」と流麗な文字が綴《つづ》られている。

「うちの看護師のあいだで人気の店なんだ。クリスマスケーキの予約はとっくに打ち切ってたんだが、手を回して、無理を聞いてもらった」

「俺のは帰り道で買ったんだけど、ガキっぽいよな」

莉一のものと同じ大きさのホールケーキ。ぽってりとデコレーションされた生クリームのあいだにイチゴがぽんぽんと配置されているスタンダードなもので、中央にはクッキーでできた丸太小屋と、砂糖菓子でできたサンタとトナカイがいる……サンタもトナカイも、なんだか間抜けな顔だ。

「航希らしくて、いいんじゃないか?」

いくぶんからかう声音で莉一が言う。

どーせ、と航希は口を尖らせる。

「ケーキを切るナイフが必要だな。取ってこよう」

キッチンへと莉一が消えたのとほぼ同時に、インターホンが鳴った。夜の十時半過ぎに訪ねてくるなど、いったい誰だろう?

「俺が出る」

莉一に声をかけて、航希は玄関へと向かった。

ドアを開けると、凍てつく大気とともに、アルコール臭い男が航希を押し退けるようにして入ってきた。白いコートを纏った、黒髪の男だ。

「さみぃ——あれ、航希、なんでここにいんの?」

「……」

「てゆーか、おまえさぁ、携帯切りっぱなしにして、なんなんだよ。泊ってたホテルもイブは満杯だからって追い出されるし、すげぇサイアク」

ぶつぶつ言いながら、彼は靴を脱ぎ散らかして、馴染んだ様子で家に上がり込む。おそらくこれまで何度も、この家を訪れたことがあるのだろう。

「航希、誰が――――」

リビングへのドアから、ナイフを握ったままの莉一が現れ、凍てつく。

「あー、莉一っ。メリー・クリスマス！」

後ろめたさなど微塵《みじん》もない朗らかな声だ。

「なに物騒なモン持ってんの？　ほら、俺ケーキ買ってきたんだぜ」

莉一の横をすり抜けて、突然の来訪者はリビングルームへと入っていく。そして、ケラケラと愉しげに笑った。

「なんだぁ。俺のケーキで三個じゃん。ひとり一個ノルマか。きっつー」

リビングへと戻る莉一のあとを、航希は追う。

――なんで、今日……いま、来るんだよ!?

幸せな空間を、兄に踏み荒らされていく。

采登は並べられた料理をどけてテーブルに隙間を作り、そこにどかっと紙袋から取り出した箱を置いた。クリスマスケーキを取り出す。三個目のケーキもホールケーキだったが、それだけ色が違った。茶色いクリームを塗りたくられたチョコレートケーキだ。

――莉一が好きなのは、普通のショートケーキなのに。

子供のころ、莉一の家ではよく家政婦がケーキをおやつに出してくれたのだが、莉一はたいていショートケーキで、たまにチーズケーキを選んだ。

それなのに、采登は自分の好きなチョコレートケーキを買ってきた。兄の身勝手さに子供みたいに腹が立つ。

それでも、采登がどんなに身勝手だろうと、莉一は采登がいいのだ……。

航希は弱々しい視線を莉一に向けた。

けれど、莉一の表情は航希が予想していたものとは少し違っていた。彼の横顔に再会を悦ぶ色はなかった。むしろ石のように硬い。顔だけではない。身体中が石のように強張っているのがわかった。ナイフを握り締める左手の甲にはきつく筋が浮き立っている。

——……怒ってる？

いくら莉一が采登を溺愛《できあい》しているといっても、やはり婚約者を連れ去っておいてまったく反省のない態度でのこのこと現れられたのでは、赦《ゆる》しがたいのかもしれない。なまじ強烈な愛情があるだけに、反転された憎しみも深いのではないか。

莉一の手が力んでナイフが小刻みに震えるのを目にして、航希は項を冷たくする。

けれども、そんな莉一のすぐ前で、采登はといえば指先に乗せたチョコレートクリームを舐めて、満足げに目を細めている。猫科の動物のような気まぐれで高慢な表情だ。似たような顔のつくりで同じ黒い目と髪をしているけれども、航希と采登はまったく異質だった。

采登と目が合う。

「なぁ、航希はなんでここにいんの?」

「俺はいま、ここに住んでる」

「なんだ、それ。ど-いうことだよ? おまえ、莉一と連絡取ってなかったよな?」

カッと頭に血が上った。

「俺がここにいるのは、兄貴のせいだ。いいか? 兄貴の借金だとか後始末は莉一がぜんぶ引き受けてくれたんだ。俺はその見返りに――」

「見返りに?」

航希が言いよどんだのに、采登は目を眇めた。

「なぁ、俺の尻拭いの見返りに同居ってど-いうコト?」

それに答えたのは、莉一だった。

「君の罪を、航希は自分の身体で贖《あがな》ったんだ」

「ヤバ。身体で贖うって、やらしい感じ」

「ああ。いやらしいこともした。私が君にしたかったことを、航希でさせてもらった」

十数年間も隠しつづけてきた想いを莉一が口にするのに、航希は瞠《どう》目《もく》する。

采登がころりと楽しげな表情に戻った。

「マジかよ。莉一って、俺とエロいことしたかったんだ?」

「……っ、兄貴はなにもわかってないから、そんなふうに軽々しく——莉一、こんなヤツ置いて外に行こう」

どこまでも不真面目な采登の態度があまりに腹立たしくて、航希は莉一へと足早に歩み寄り、彼の腕を掴んだ。包丁を持っている手をぐいぐいと引っ張る。莉一の身体が大きくぐらついた。

「莉一、水臭いなー。俺に直接言えば、ヤらせてやったのに」

采登は愉しげな表情、人差し指でケーキからチョコレートクリームを掬いながら続ける。

「俺、根っからのバイなんだよな」

それは、弟の航希も初耳なカミングアウトだった。

一瞬、莉一も目を見開き、そして横の航希をじっと見つめてきた。

——……バレた。

航希は青褪める。

十一歳のときに槐樹の木の下でついた嘘。

『……さっきみたいなの、兄ちゃんはキモチワルイって』

『男同士とかってキモチワルイって、こないだ言ってた』

そして、莉一を脅した。

『言わないから……俺にも、してよ』

『してくれたら、兄ちゃんにも誰にも、言わない』

脅して、莉一のキスを手に入れた。

いまや、航希の嘘が作った、采登と莉一のあいだの偽りの障壁は消え去った。莉一の手からナイフが離れ、フローリングの床にカツンとぶつかる。

航希は莉一の腕を握ったまま、身じろぎもできない。

「莉一」

采登が呼ぶ。

莉一の視線は航希から剥がれて、采登へと吸い寄せられる。

「航希なんかより、ずーっと気持ちよくしてやるぜ?」

蠱惑《こわく》的に笑みながら、采登は右手を宙に上げた。伸ばされた人差し指にはチョコレートクリームがぽってりと乗っている。莉一の唇から数センチのところで指が止まる。

莉一と采登のむこうで、クリスマスツリーがピカピカと輝いている。

数秒の静けさののち、莉一は俯くように顔を前に傾けた。そうして舌を出して、チョコレートクリームを舐めた。何度もゆっくりと舐めながら、すうっと視線を航希へと流す。そして航希と視線を重ねたまま、クリームをこそぎ落とすように、采登の指をじかに舐めた。莉一がかすかに眉根を寄せて、目を閉じる。

……本物を手に入れた莉一にはもう、代用品は必要ない。

航希の手は力を失い、莉一の腕から剥がれ落ちた。

そして航希は、ふたりに背を向けた。床を踏んでいる感覚もないまま足を進め、玄関に続く廊下へと出る。膝の感覚がおかしくて、よろける。と、左の肘をぐっと掴まれた。

「航希」

莉一の声に胸が詰まる。

ぎこちなく振り返ると、莉一は静かな顔をしていた。感情の見えない、端整さばかりが際立つ顔。

「そんな格好で外に出たら、また風邪をひくだろう」

言葉とともに、航希にアクアスキュータムのコートを渡す。そして、言う。

「君の荷物はあとで送っておくよ——いままで、ありがとう」

胸が破れそうな痛みに、航希はなにも言えない。

莉一がくるりと踵《きびす》を返した。リビングへと……采登のもとへと帰っていく。リビングへの、磨りガラスの扉がぱたんと閉められる。しんしんと冷える廊下の静けさ。

航希はぎこちない動きで玄関へと向かった。靴を履く簡単な動作ですら一度ではできなかった。

関節がおかしくなったような手指で、ドアを開ける。

耳鳴りがしそうなほど冷えた大気がぶわっと押し寄せてきた。頬にびしゃっと冷たいものが当たる。霙《みぞれ》だった。

外に出てドアを閉めると、そこで膝の力は限界を迎えた。玄関口の庇《ひさし》の下、航希はドアに凭れかかるようにしてずるずるとしゃがみ込んでしまう。

門まで敷かれた石畳が霙でぬめっていくさまを、焦点の合わない目に映す。

あのクリスマスツリーの飾られた暖かな部屋で、莉一はいま、采登にキスをしているのだろうか？

寝室で自分にしてくれた、あの優しい抱擁を采登に与えているのだろうか？

好きだ、愛してる、とあの心の籠もった声で囁いているのだろうか？

「莉一っ…」

こういう結末が来るのは、初めからわかっていたことだ。

それでも、つい数十分前まで自分に与えられていた場所を追われて、気持ちは現実に追いついてきてくれない。まだ自分の一部は、莉一と一緒にクリスマスツリーの前にいる。

胸が温かくなる空間のなかに取り残されている。

その残像を追っていると、いまこうして夜の霙に叩かれている自分のほうが幻のような気さえしてくる。

「莉一……好きだ」

言いたくて、言えなかった告白を、ガタガタの掠れ声で何度も呟く。

莉一の匂いのするコートを両手で掻き抱く。
石畳に次から次へと落ちてくる霙は、まるで雪の死骸《しがい》のようだった。

7

いつまで眠っていて、いつから目覚めていたのかも、よくわからなかった。カーテンを通り過ぎる光はないから、おそらく夜なのだろう。

航希《こうき》はだるく寝返りを打つと、ベッドの横の床へと手を伸ばした。蓋も閉めずに置かれているはずのワインの瓶を探す。指先が冷たいガラスに触れた。瓶の首のところを掴もうとしたけれども、力の加減を間違ったらしい。ごとりと音がする。

うつ伏せになるかたちで、ベッドの端から床を見下ろせば、ワインの瓶はどくりどくりと赤い液体を垂れ流しながら、フローリングの床をゆるく回転し、止まった。

どうせ、一本千円足らずのワインだ。どうでもいい。

それにしても、瞼が重い。頭痛と吐き気は身に染み込んでしまって、どこからが二日酔いだか三日酔いだかわからない。

無意識のうちに、右のこめかみを引っ掻いていた。ぬるっとする感触に、手を目の前に持っていく。中指に血がついていた。こうやって新しい傷をつけていけば、古い傷をなかったことにできる気がした。

傷を傷で埋め、痛みを痛みで消す。

アルコールで意識を麻痺させ、莉一《りいち》との思い出のひとつひとつを、かたちもなくなるように潰そうとしてきた。

そうやって莉一を自分のなかからもぎ剥がそうとしているのに、いまもまた朦朧とした意識の狭間から、クリスマスツリーの暖かな色合いが漏れてくる。采登《あやと》と、莉一。チョコレートクリームを舐める舌。まるで傅く従順さで、莉一は采登に募らせてきた気持ちを示した。

口のなか、麻痺しかかった舌に潮めいた味が広がる。

瞬きをすると、新たに頬を伝ったものが唇へと流れ込んだ。

涙腺は壊れきってしまっていて、すでに泣くことに意味などなかったけれども、涙が出ると反射的に胸がひどく軋んだ。気管が震えて、息をするのも苦しい。アルコールを求めて、航希はぐらつく床になんとか足の裏を押しつけた。

自分の脚にもつれながら、リビングへと歩いていく。途中で積んであったダンボール箱にぶつかった。ガムテープで封をされたままのダンボール箱と一緒に床に転げる。

「……って」

眉間にきつく皺を寄せて、横倒しになったダンボール箱を睨む。

こちらを向いている天辺に貼られている伝票。やや鋭角的な右肩上がりの筆跡が並んでいる。航希は手を伸ばすと、伝票を毟《むし》り取った。ぐちゃぐちゃに丸めて、床に叩きつける。

軽い紙ゴミは叩きつけた手応えすらない。

航希は舌打ちをして、炬燵のうえに置かれている日本酒の瓶に手を伸ばした。


年末年始、航希は実家にも帰らず、友人たちの誘いもすべて断って、酒びたりの引き籠もり状態で過ごした。八畳のリビングも六畳の寝室もキッチンも、歩けば、ビール瓶かワインの瓶を蹴っ飛ばすありさまだった。炬燵の卓上には日本酒の一升《しょう》瓶が三本並び、その周りにはカップ麺《めん》の空いた器が珍妙なオブジェのように並んでいる。

航希のスウェットのポケットには、常に携帯電話が入っていた。

けれども結局、莉一から電話がかかってくることはなかった。采登からの電話もない。

ふたりで蜜月を過ごしているのだろう。

井上奈緒美《いのうえなおみ》からは一度、電話があった。足立《あだち》のことは理事長も処分を検討しているという話だった。ただ足立は院長と同じ出身医大であるため、ことはそう簡単ではないらしい。

奈緒美に理事長の娘である香織《かおり》のことを尋ねてみると、

「まだ戻ってきてないそうよ。近いうちに帰るから心配しないでほしい、っていう電話は理事長のところに入ったらしいけど」

という答えが返ってきた。

采登が帰ってきたということは、香織も帰っていておかしくないはずなのだが。

けれど、采登を手に入れることができた莉一は、もう香織とは結婚しないのかもしれない。

カップ麺を食べて酒をしこたま飲んでは吐く、を繰り返していたから、ほんの一週間ほどで航希は目に見えてやつれた。

そうして迎えた仕事初めの日、遅刻ギリギリで職場に飛び込んだ航希を見た花原《かはら》実有《みう》がかけてきた年明け最初の一言は「世良《せら》先生、ヨレきってる…」というものだった。実有の弟は術後の経過もよく、もうすぐ退院できるらしい。

仕事が始まり、引き籠もって酔っ払いながら莉一のことをぐずぐず想いつづけるよりは数段まともな生活になったが、やはり夜になるとどうしても眠れなくて、酒を飲みすぎてしまう。クライアントの話を聞いている最中でも、気づくと意識が朦朧としていたりする。

正直、毎朝起きて職場に行くのだけで精一杯だった。しかし学生ならいざ知らず社会人が、しかも専門職の人間がそんな態度で通用するわけもない。自分でもまずいと思い、思いながらも生活も心も整えられないまま日が過ぎた。

仕事のミスも目立ってきて、ついに見て見ぬふりをできなくなったらしい。その日、仕事が上がってから、航希は夏目《なつめ》に首根っこを引っ掴まれて居酒屋に拉致された。宮野《みやの》も一緒に、こぢんまりした座敷の個室に籠もる。

「世良、なんで絞められるかは、もうわかってるな?」

日本酒を呷りながら、横に座る夏目はむっつりとしている。検察官時代を思わせる剣呑《けんのん》とした雰囲気が漂っていて、航希は自然と背筋を伸ばした。

「おまえは勢いだけでうちの事務所に入ってきたけど、そんなのイレギュラー中のイレギュラーなんだぞ? 俺だって宮野だってコネクションを使いまくって採用してもらったんだ。俺たちはみんな園部《そのべ》所長を尊敬してる。だからこそ、所長の顔を潰さないように、痴話喧嘩《ちわげんか》みたいな離婚裁判だって真剣に取り組む。それを弁護士としてもまだヒヨコのおまえが、どういう了見で勤務中にアホ面でぽけーっとしてるわけだ?」

「……すみません」

本当に自分でも情けないと思う毎日だった。膝のうえに置いた拳をぐっと握り締める。

憧れの弁護士、園部宗弘《むねひろ》の下に来られたのに、自分はなにをしているのか?

この場で辞職を迫られても仕方がない。

「で、どこのオンナだ?」

「……はい?」

「男がそこまで腑抜《ふぬ》けになるのにオンナ以外の理由があるか?」

夏目の決めつけに、向かいの席の宮野が苦笑した。

「人間にはもっといろんな種類の悩みがあるでしょう」

「いいや。ない。失恋に決まってる」

宮野の意見に与《くみ》したいところだったが、自分の現状がいわゆる失恋からくるものなのは事実だった。

「クリスマスイブに失恋して——自分でもこんなガタガタじゃ駄目だって思ってはいるんです」

ほらな、と夏目は空になったグラスを宮野に突き出し、酌をさせる。

「まぁ、アレだ。恋を忘れるには、新しい恋に限る。今度、いい合コンに呼んでやるって」

「——ここまで落ち込むほどの恋なら、そんな簡単なものじゃないと思いますよ」

落ち着いた深みのある声に、航希も夏目も、人形のように綺麗な顔立ちをした男を見た。栗色の目が、航希に微笑みかける。

「未練がましくても、どうやっても消えない恋はある。そのために身を持ち崩したり、仕事を失ったりすることもある。……僕は世良くんが、自分なりに納得のいくところに着地できるといいと思っているよ」

語り口はやわらかいが、夏目と宮野、どちらがシビアかといえば宮野だろう。

もしかすると、宮野は穏やかな外見とは裏腹に、どろっとした情念を知っている人なのかもしれない。

仕事や恋をどうしていくかは、究極は自分ひとりの問題なのだ。

相談したり、気を紛らわしたり、で乗り切れる場合もあるが、ある一線を越えた先は、自分がどうそれらと向き合っていくかしかない。そしてすべての責任は、自分で負う。それが自滅だったとしても負うしかない。それが強さというものなのかもしれないと、航希は思う。

夏目にも、宮野の言いたいことは伝わったらしかった。「俺が浅くて軽い人間みたいじゃねぇかよ」とブツブツ言って、やたらと酒を呷っていた。

その帰り道、航希は「自分なりの納得」について考えていた。

莉一との関係に、すでに結果は出ている。莉一は采登に想いを告げ、采登の身体までも手に入れた。香織が帰って来たとしたらどういう展開になるのかわからないが、ひとつ確かなのは、もう莉一にとって自分は代用品としての価値すらない、ということだ。

それなのに、自分はどっぷり未練に浸かっている。

こんなことでは駄目だと情けない心を叱咤しても、どうしても気持ちは莉一へと戻っていってしまう。夜中目を覚ますと、無意識のうちに横で眠る人を手で探してしまう。頭では失恋したとわかっているのに、身体はいまだに莉一を当然のように求めている。

この想いにどうやれば決着がつくのかなど、わからない。

どうすれば納得できるかなど、頭のなかでいくら考えても答えは出ない。

――でも、ひとつだけ確かなのは……。

莉一に、会いたい。

彼の顔を見たい。声を聞きたい。

そうすることでかえって苦しみは長引くのかもしれない。

それでも、どうしても莉一に会いたかった。


朝七時十五分の駅構内を、傘から雨を滴らせた人々が行き交う。

航希は改札内の柱に背を凭せかけていた。この位置なら、莉一が改札からホームへの下り階段に向かうところを見逃さないだろう。

ここは莉一の家の最寄り駅だ。莉一はジンクスを持っていて、難しいオペをする日は電車で出勤すると決めている。なので、井上奈緒美に電話で情報を訊き出して、こうして今日、待ち伏せすることにしたというわけだ。

……莉一から教えてもらったところによると、人の命を預かる外科医は自分なりのジンクスを持っている者が多いらしい。

そして莉一のジンクスは、二年前に、重傷の胸部大動脈瘤《りゅう》の患者のオペを執刀した日の朝、車のバッテリーが上がっていて仕方なく電車で出勤したのだが、困難なオペであったにもかかわらず、奇跡的にスムーズに手術を終えることができたときに生まれたのだそうだ。

「人を殺さないための、なけなしの神頼みだ」と莉一が微苦笑して言ったのが、印象的だった。

手に持った紙袋には、莉一がイブの晩に渡してくれたコートが入っている。クリーニングに出して綺麗にしてあるそれを返すのを口実にしようと思ったのだ。こんな朝っぱらからコートを返すために待ち伏せとは不自然かもしれないけれども。

一目会いたい一心でここまでするあたり、ちょっとしたストーカーだ。

しかし思えば、莉一と近づくために隣家に野球のボールを投げ込みつづけた子供の段階で、すでにそういう傾向にあったのかもしれない。

駅の時計が七時三十分を指したとき、莉一が改札口に現れた。

人込みのなかでも、その整った姿は航希の視線を強烈に引きつけ、搦《から》め捕った。身体全体が心臓になったように脈打つ。

——声をかけるんだ……コートを返して……。

一歩、莉一へと踏み出した航希はしかし、はたと大切なことに気づく。

莉一は今日これから困難なオペに臨むのだ。そのためにジンクスを守って、電車で病院に向かおうとしている。そんな時に自分がのこのこと出て行ったら、莉一の神経を刺激してしまうのではないか。

——俺が邪魔していいわけがないよな。

こんなことにすら気づかなかった自分は、身勝手で無神経だ。

航希は柱の裏側に回り、隠れるようにして莉一を目で追う。階段へと彼の姿が消えかけたとき、航希は莉一の後方に見覚えのある男を見つけた。

——なんで、あいつが？

嫌な予感に突き動かされて、航希は柱の陰から走り出た。階段へと向かう。

その男は足を速めて、莉一へと追いつこうとしていた。

「……っ」

男の意図を察した航希は青褪めた。階段を駆け下りる。男の肩を掴もうとしたが、人がいて手が届かない。男が莉一の背中めがけて両手を前に突き出す。

「莉一っ」

航希は叫ぶと、男と莉一のあいだに割り込んだ。なにごとかと振り返る莉一の身体を横に押し退ける。

男の手に、肩をがんっと突かれた。脚が一瞬宙を掻き、そのあと身体のあちこちに凄まじい衝撃が訪れる。

他の通勤通学客を巻き添えにせずにすんだものの、航希は十数段の階段を一気に転げ落ちたのだった。ホームに倒れ込んだまま動けない。

「航希――航希、大丈夫か!?」

莉一の声がやたら近くで聞こえる。

「頭は打たなかったかっ」

頭皮を探るように指で辿られる。

ここで心配をかけるわけにはいかない。航希は莉一の手から逃げて立ち上がろうとしたが、左足首に凄まじい激痛が走って、がくりと座り込んでしまう。

「足、痛むんだな?」

「いや、全然平気だって。仕事、行けよ」

莉一の手が医者らしい手つきで左足首に触ってくる。試すようにくるぶしのあたりを押されると、あまりの痛みに呻き声が漏れてしまう。

「平気じゃないだろう……足立のヤツ、よくも」

莉一が激しく舌打ちする。

そう、莉一を階段から突き落とそうとした男は、仙道国際病院の心臓外科医である足立だった。

「どうしましたか?」

駅員が走ってきて尋ねるのに、「大丈夫です。私は医者ですから」と答えて、莉一は航希の腕を取り、背中から自分の両肩にかけさせた。腿の裏に手が入り、身体が浮く。負ぶわれて、航希は慌てた。

「ちょっ、莉一、今日は大事なオペがあるんだろ？　俺はひとりで医者に行けるからっ」

「どうせ医者にかかるんだ。いったん家に帰って車でうちの病院に行けばいい」

「でも、それじゃあジンクスが……」

「ジンクスより、君の怪我のほうが問題だ」

「……」

莉一は夜に取りに来るからと荷物の預かりだけ駅員に頼むと、航希を負ぶって階段を上りはじめる。そのまま改札を通り、雨の降る外へと出る。

莉一の広い背中に縋るようにして、歩調に合わせて揺られていく。傘も駅に置いてきたから苦手な雨にさらされて、航希は身を竦めた。

……と、なにか脳の奥がチリッと痺れた。

雨に打たれながら、広い背中に負ぶわれている感覚。

確かに、以前、同じようなことがあった。

もっともっと風の強い日。突き刺さる雨。血の匂い……そう、怪我をしていた。

おそらくそれは、ずっと記憶から抜け落ちていた、高台の公園から病院まで誰かが運ん

でくれたときのものだ。

あの台風の日、航希は公園近くのこぢんまりした個人病院で目を覚ました。そこの看護師の話によると、午後は診療に訪れる患者もなく、入り口横のロビーは無人だったそうだ。奥の机でお茶を飲んでいた看護師ふたりがドアの開かれる音で受付に戻ってみると、入り口のところに頭から血を流した少年が倒れていた。誰かが連れて来たのかと外を確かめたが、数メートル先も霞むような豪雨のなかに人影を見つけることはできなかったという。

莉一に憎まれていることに打ちひしがれていた航希は、当時、病院まで運んでくれたのが莉一かもしれないなどとは、微塵も思わなかったのだが。

この、傷を負って雨に打たれながら広い背中に揺られる感じは、甦ってきたかすかな記憶と符号する。

そうであってくれたらどんなにいいだろう、という願望からくる思い込みなのかもしれない。

それでも過去の傷が癒されていく感覚に、航希はぐっと莉一の肩にしがみついた。


仙道国際病院に着いてから、莉一は手術前に航希の足を診てくれた。少し酷い捻挫《ねんざ》で、足首から下は包帯でがっちり巻いて固定され、松葉杖を一本渡された。航希はそこから職場にタクシーで直行し、朝一番のクライアントを待たせずに仕事を始めることができた。

昼食は出前を取って、窓際の休憩スペースに置かれた丸テーブルで園部所長と一緒に食べたのだが、当然、怪我の顛末を訊かれた。園部の意見を仰ぐには絶好の機会だった。

……莉一が自分のことを気にかけて、駅に置いていかないでくれたことで、航希の気持ちは力を取り戻していた。

弁護士という立場から、莉一のために動きたかった。

だから航希は園部に、足立という仙道国際病院の心臓外科医に突き飛ばされて駅の階段を転落したことを皮切りに、その足立が起こした医療ミスや、病院内の現状など知っている限りのことを話した。

もともと園部は、仙道国際病院の心臓外科部長で現在はアメリカで咽頭癌の治療を受けている真田《さなだ》教授と旧知の間柄だ。話をスムーズに理解してもらうことができた。

「真田が少し空けているあいだに、そんな情けない状態になっていたんですか」

背筋を厳しく伸ばして、園部は嘆かわしげに首を小さく横に振る。

「なんでも、足立医師は院長の学閥だそうで、理事長も手を出しあぐねているそうです」

「真田から人となりを聞いていますが、理事長は知性と理想のある方だが、力ずくで意見を押しとおすタイプではないらしいですからね。そこを単純明快な理屈と勢いで真田が補っていたんです。パワーバランスが崩れたいま、院長は利己的になってきているのでしょう。学閥など、実に下らない」

「園部所長」

航希は、親子丼のどんぶりに箸を置いて、向かいのスツールに座る園部に頭を下げた。

「ここのところ勤務態度が緩んでしまってた俺がこんなお願いをするのは厚かましいと承知してます。それでも、お願いします。所長のお力を貸してください」

沈黙のなか、園部が海鮮丼を食べていた箸を置く。

「それは、仙道国際病院を軌道修正させたいという大儀のためですか？　それとも、そのあなたの友人だという志筑《しづき》医師のためですか？」

いわゆる正しい答えがどちらであるかは明白だ。

けれど、嘘はつけなかった。

航希は顔を上げて、まっすぐ園部を見つめて答えた。

「志筑莉一のためです」

「……そうですか」

園部は丁寧な手つきで、湯呑みの緑茶をひと口含んだ。航希は膝のうえに置いた手を固く握って答えを待つ。園部が目を上げ、そして微笑んだ。

「わかりました。私でよければ、力になりましょう」

「——本当、ですか？」

「社会的な理想主義より、個人のために尽力したいという気持ちのほうが、得てして力があるものでしょう?」

「園部所長……」

やはり、自分は園部のことをとても尊敬している。この人の顔に泥を塗らないように、自分の心身に鞭打《むち》ってでもしっかりした仕事をしていきたいと思った。

「まずは、内容証明を院長に送りましょう」

「内容証明を?」

「足立医師が志筑医師に危害を加えようとし、それを阻止しようとしたあなたが足立医師によって負傷させられた、という文書です。医療裁判に強いうちの法律事務所からそんなものが送られてきただけで、院長は首を取られたような気になるでしょう。そこに世良先生と私が乗り込み、足立医師が執刀して亡くなったという患者さんの術中・術後のことを徹底的に内部調査させるのです。それだけで、足立医師はもとより院全体の空気が引き締まるはずです……仙道国際病院は、もともとは良心のあるスタッフが集まっている病院なのですから」

医療裁判のスペシャリストである園部の読みに間違いはないだろう。

「所長、本当にありがとうございます!」

親子丼に前髪が入りそうなほど頭を下げると、園部は愉しげな声音で言った。

「そんなにありがたがらないでください。実のところ私だって、ただ真田の落ち込む姿を見たくないだけなんですから」

午後六時、残業をしていた航希の携帯電話が鳴った。莉一からだった。捻挫した足では帰るのが大変だろうから、車で送ってくれるという。莉一の顔を見たかったたし、内容証明の件も話しておきたかったから、素直に申し出を受け入れた。

指定した十時ちょうどに、莉一は迎えに現れた。メルセデスの助手席に乗り込む。昼頃はやんでいた雨が、夜になってまた降りだしていた。

「今朝、駅に預けていった荷物はさっき拾ってきた。航希のは、紙袋と傘だけだな？」

「その紙袋のなか、莉一のコートだから、このまま返すよ」

「……ああ、あのコートか」

たぶん莉一の脳裏にもクリスマスイブのことがよぎったのだろう。

あの後、莉一は采登とどんな時間を過ごしたのか。想像するだけで胃に捩れるような痛みが起こった。

それでも表情は明るく保って、航希は足立医師の件で院長に内容証明を送るつもりでいること、その結果、期待できる展望を話して聞かせた。

莉一は運転しながら、要所要所で深く頷いた。そして、信号に引っ掛かって車を停めると、改めて航希を見て言ってくれた。

「それならおそらく、うちの院長も動くだろう。足立のことがクリアになれば、他の医師やスタッフも明日は我が身と、自然と勤務姿勢が整うはずだ……ありがとう、航希」

莉一の役に立てる。そのことが、とても嬉しかった。

「航希も立派に弁護士をしているんだな」

しみじみと言われて、逆に恥ずかしくなった。

「いまはまだまだだけど、莉一が医者をやってるのに負けないぐらい、きちんと弁護士をやれるようになりたいと思ってる」

信号が青になり、車がふたたび走りだす。

車内の空気は穏やかだった。

……このまま、自分たちは旧い知人ぐらいの距離に収まるのだろうか？　そうやって付かず離れず、薄く長く交流していく。そういう静かな関係もあるのだ。莉一が采登を愛していても、もし香織なり他の誰かなりと結婚しても、そのすべてを含めて莉一を見つめつづけていく。

想像すると、真綿で首を絞《し》められているような息苦しさが寄せてきて、航希はネクタイを大きく緩めた。

こんな想いを、これから先ずっと抱えていくのだろうか？

それで、耐えられるのだろうか？

めまぐるしいほどの逡巡《しゅんじゅん》と懊悩《おうのう》に翻弄されているうちに、車は航希のマンションに着く。路肩に車が寄せられて、停止する。

「君の怪我は私の責任だ。できる限りの送り迎えはするし、買い物の私用でも呼び出してくれれば車を出そう」

優しい。でも、これはきっと迷惑をかけた知人に対するぐらいの、距離のある優しさなのだ。

動けないでいる航希のシートベルトを莉一が外す……そのまま、キスするみたいに顔が寄せられる。心臓が破裂しそうになるけれども、次の瞬間、開けられたドアから冷たい雨が吹き込んできた。

「おやすみ、航希」

降りざるを得ない。

莉一は後部座席に置かれていた紺色の傘を取り、航希に差し出してきた。

「あ、ありがとう」

傘の柄を掴んで引いたが、なぜか莉一の手は傘を離さない。そうしてじっと航希を見つめる。

「莉一？」

訝しく名前を呼ぶと、我に返ったように眼鏡のむこうの目が大きく瞬きをした。

すまない、と呟いて、傘から長い指がゆっくりと剥がれていく――。

ああ、やっぱりダメだ、と思った。

こんな、ほんのわずかな未練めいた仕種だけで、自分は泣いてしまいたくなっている。

胸が裂けそうなほど膨らんでいく想い。それが喉へと溢れ、舌と唇を震わせた。

口にしてしまえば、この距離さえも失うのかもしれない。

「……き、だ」

それでも、いまこの時、告げずにはいられなかった。

「好きだ――俺、莉一のことが好きだ」

みっともないぐらい声は震えた。顔が熱いのか冷たいのか、わからない。

莉一はそっと眉を歪めた。そして、苦笑交じりに言う。

「君は勘違いをしてる。あり得ないだろう」

「あり得ないって……」

「私は君になにをした？　怪我をした君を台風のなか置き去りにした。君を脅して、自分の欲求のために心も身体もめちゃくちゃに踏みにじった。そんな人間に好意を持つなんて、頭がおかしくなってるとしか思えない」

「でもっ」

「それに、私には采登がいる」

すべての反論を封じるひと言。

まるで身体をどこかに激しく打ちつけたみたいに、息が詰まった。

頭の底が痺れたようになって、目にふつりと涙が盛り上がる。瞬きと同時に、それは頬を伝って顎へと流れた。

「航希？」

「……ああ、そうだよ。おかしいよ」

プライドがなくても。あり得なくても。

「それでも、頭がおかしくなるぐらい、俺はあんたが好きなんだよっ！」

傘を莉一に投げつけて、航希は車を降りた。雨のなか、松葉杖をつく。もうこれで莉一とは本当に終わりだ。こんな本気の告白をして振られて、なにもなかった顔で「知り合い」を続けていくことなど、自分にはできない。

右足の速さに、左を支える松葉杖がついていかない。

ついに杖が追いつかなくなって、航希はのめった。傷めている左足で体重を支えようとしたが、脳天まで痛みが突き抜けて、そのままアスファルトに転げてしまう。黒く広がる水溜りがびしゃっと撥ねた。

「航希、大丈夫かっ?」

莉一が慌てて車から降りて、駆け寄ってくる。

「俺のことなんて、もう放っとけよ! 代用品としても用済みなんだろっ」

抱き起こそうとする莉一の腕を航希は撥ね退けた。

「これまでそうしてきたみたいに、俺のことなんて置いてけばいい!」

槐樹の木の下で初めてのキスをされたときも、台風の公園でも、莉一はなんの躊躇いもなく自分を置いていった。雨は思い出させる。莉一にとって自分は取るに足りない、顧みる価値もない存在なのだということを。

莉一がどかないから、頬を渾身《こんしん》の力で殴った。莉一は避けもせずに拳を受けた。口の端が切れ、端整な顔がわずかに歪められる。

次に胸元を殴ったとき、航希の拳の力は半分ほどになっていた。一発ごとに力が入らなくなっていく。それでも、十数発は殴りつづけた。

「避けろよ……バカっ」

哀しい思い出を呼び覚ます雨に打たれて、身体中に鳥肌が立っていた。

寒さとは別に、身体がガタガタと震えだす。

まるでその震えを眠らせようとするかのように、莉一がふいに抱き締めてきた。

「航希、君にはいくらでも私を殴る権利がある」

耳元で低くて苦い声が囁く。

「私は君に酷いことをした。采登の代わりをさせて、この身体を弄《もてあそ》んだ。君の気持ちを踏みにじった。健やかさもプライドも壊してしまった——君がその口でしてくれたとき、愕然として後悔した」

「——壊されたわけじゃない。俺は……すごくしたかったから、したんだ」

「そう思い込まないと耐えられなかったんだろう。まともでいられない私などから離れて、できるだけ早く忘れてくれ。弁護士として、ひとりの男として、君らしく健やかに」

「そんなの」

ものすごく勝手な話だ。

「忘れられないからっ、だからあんたに会いに行ったんだろうっ」

「航希……」

「忘れろって言いながら、こんな痛いぐらい、抱き締めて」

「……」

「なに考えてんだよ——どうしたいんだよ、莉一は……なぁ、俺はあんたにとって、なんなんだよ?」

耳元で莉一の吐息が震えた。

そして、感情を抑え込んだ声で教えてくれる。

「一緒に暮らすようになって、私は初めて、まともに君を知るようになった。秘密を握っている君をあんなに疎ましがっていたのに、私はずっと采登に助けられて生きてきたのに――それなのに、君に心を穏やかにしてもらった……君の身体に溺れた」

懺悔《ざんげ》は甘く、航希の心と身体に響き渡った。

「寝室でも、君が采登の代わりだということを忘れるようになって――私は、采登に対する自分の気持ちを裏切った」

体内を満たしていた黒い絶望が、白く塗り潰され、色相を変えていく。

降りそそぐ冷たい雨すらも、いつしか甘い滴りと化していた。

胸に、熱が溢れる。

このまま離れることなど、できるわけがない。どうやったって、そんなことは無理だ。

好きで好きで、どうしようもない。

「りいち」

男の雨を重く含んだコートを、千切れんばかりに握り締める。

「俺は、壊れない。絶対に壊れない――だから、二番目でも三番目でもいいから、俺にもう一度、莉一をくれよ。なぁ、頼むから、莉一……」

車をマンション地下にあるゲスト用スペースに入れて、莉一はそのまま航希の部屋に上がった。そして呟く。

「すごいことになってるな」

部屋はあちこちにアルコールの瓶が転がっていて、荒れ果てていた。

莉一は以前にも航希を連れ戻しにここに来たことがあった。その時はまぁ普通に片付いていたから、クリスマスからこちらの航希の荒れた心情は、剥き出しで莉一に伝わってしまったに違いない。

捻挫の足に体重がかからないように莉一に左腕をがっしり掴まれて支えられたまま、航希は苦笑した。

「アル中とストーカー、どっちがマシかな?」

莉一はそれには答えず、急に航希の身体を抱き上げた。

寝室へと入っていく。ベッドの端に座らされて、ぐっしょり雨を吸ったコートとジャケットを脱がされた。ネクタイもなめらかな指使いで外される。

リビングからの明かりが差し込む薄暗いなか、腰を折って屈んでくる莉一は髪も眼鏡もコートも濡れそぼっている。額に落ちかかった前髪から雫が滴り落ちる。その莉一を伝った水滴すら、愛しくて、失われるのがもったいないような気がする。

「莉一…」

男の濡れた頬に唇を押しつけて肌を吸うと、真似るように莉一が頬を吸い返してくれた。吸い合う場所が少しずつずれていき、唇が触れ合う。

「ん…っ」

唇が少しでも離れるのが嫌で、航希はしっとりと水を含んだ男の髪に指を絡めた。そうして、背を伸ばして自分から唇をより深く押しつけていく。互いの唇を噛むかたちで、自然と口が開いた。舌が口のなかで交わる。

次第に激しくなっていく莉一の舌使いに押されるように、ベッドへとゆるやかに倒れた。雨の匂いのする男に覆い被さられる。

身体は雨への反射的な嫌悪感に震えたが、その震えも、ぬるぬると絡み合う舌の感触によって、すぐに快楽の痺れへと変換されていく。

口のなかが、熱く蕩けた。

「く――ふ、っ、んん……」

莉一の手がしなやかにスラックスの下腹を探ってくる。ジッパーを下ろされ、下着のうえから凝った茎に触れられた。まるで雨が染み込んだかのように、下着の前はぐっしょり濡れていた。

さすがに恥ずかしくて、航希は唇の繋がりを解いて、咄嗟にベッドをずり上がった。

莉一は微笑すると、身体を起こしてコートとジャケットを鮮やかな所作で脱いだ。ネクタイを緩めて、眼鏡をするりと外す。

そうして航希に追いつき、ふたたび身体を重ねてきた。

今度は容赦なく、下着のウエストから長い指をじかに潜り込ませてきた。茎を掴まれて、露骨にシュッシュッと擦りたてられる。

「君は昔から、唇が弱かったね」

先端に指先で繊細な円を描かれて、航希は腰を跳ね上げる。

「初めてキスしたとき、君のここはまだ小さくて、でも私の腿に固く刺さってきた」

十一歳のときの槐樹の木の下でしたキスのことだ。

莉一は航希の手を自身の下腹へと導く。

「秘密を握った君を憎く思っていたはずなのに、あの時の私のものも、こんなふうになっていたんだよ」

甘い囁きとともに、スラックスの布越し、ひどく猛《たけ》った雄《おす》のかたちを辿らされる。

「まるで取り返しのつかない恋に落ちたみたいに、あの頃の私は、寝ても覚めても君のことを考えていた」

それはきっと、とてつもないマイナスの感情だったのだろう。

疎ましくてたまらなくて、いっそ死んでくれれば、と思い詰めるような類いの。それでも。

「……莉一が、俺のことを考えててくれたのが、嬉し――――ッ」

指が滑ったものか、先端の溝をきつく爪で抉られて、航希は背を仰け反らせた。

「すまない。痛かったか？」

切れ込みを指先ですりすりと撫でられて、航希は堪えきれずに透明な蜜をとぷりと溢れさせてしまう。

「やめ……それ、きつ、い」

「私の手は、もうびしょ濡れだよ」

「……んっ、や」

ぶるっと腰が震えた。射精の予感に身体中を強張らせた瞬間、性器からすべての刺激が去る。

「え？　――ぁ」

硬直している航希の身体から、衣類が除かれていく。左足首に巻かれた包帯だけが、上気した肌を隠すものになる。

莉一は航希の発情しきった裸体を眺めながら、自身も衣類を脱いだ。

莉一のペニスが自分を欲してあられもなく屹立《きつりつ》しているさまに、航希はぞくりとさせられる。これからそれを受け入れる秘部が、痛いほど締まった。

視覚の刺激だけで堪えている欲情が爆ぜそうになってしまい、必死に呼吸を浅くしてやり過ごす。下腹の腹筋が小刻みに震える。

「……あ」

航希の汗の浮かぶ脚を、莉一は押し開いた。そして、性器を脚のあいだに差し込んでくる。蕾が莉一のぬめる蜜で濡れた。このまま挿入されるのかと身構えたがしかし、莉一は指で襞をやわやわといじった。そうして緩めてから、また亀頭をぐちゅりと押しつけて濡らす。

「な……」

「航希としたくて、いくらでも溢れてくる」

間近に視線を合わせてそんなことを言われて、航希は耳まで熱くなる。

「なに——恥ずかしいこと、言ってんだよっ」

「それなら、口の代わりにここで、恥ずかしいことをしていいか？」

潤まされた場所に、硬いものがぐっと押しつけられた。これまでさんざん勝手に身体を繋げてきたくせに、答えを待つように莉一は腰を進めない。

逆に、男をあてがわれて焦らされている襞のほうがあられもなく綻びはじめる。

航希は眉を歪めて喘いだ。そして、痛めていない右足の裏をシーツにつき、自分から莉一の性器に蕾を擦りつけた。あさましくねだるのに、莉一は嵌めてくれない。

「莉一っ」

「どんなふうに私が欲しいのか、教えてくれ。ほら、握って。これをどうしたい？」

莉一の熱く脈打つ陰茎を握らされた。

「どう、って」

「好きにしていいんだよ」

「……っ」

恥ずかしいけれども、もう限界だった。

航希は息を乱しながら、握ったもののぬるつく先端を、自身の粘膜に押しつけた。内臓への口がぐうっと拡がり、喘ぐ。細かな襞が男のかたちに拓かれていく。

「っく、ん――ぅう！　ぁあ」

先端の張りを呑み込む。ヒクヒクと波打つ粘膜に揉まれて、莉一もまた低い呻き声を漏らす。

もっと奥に欲しいのに、航希の内壁はきつく男を噛んでしまっていた。とても、自分の力では押し込めそうもない。

「……て」

「ん？」

航希は切羽詰って、乞う。

「奥まで、莉一を、挿れてくれよっ」

莉一は少し意地の悪い笑みを浮かべると、航希の指を結合部分へと触れさせた。男を喰らっている蕾を辿らされる。

「……わかるか？　入っていくだろう」

指と内壁で、めり込んでくる性器を教えられた。ぎちぎちに伸びきる襞に恐怖を覚える。そして、莉一のために開ききることに、激しい劣情を覚えた。

「ぁっ、あ、溶ける……なか、溶けそ…」

「航希——航希、すごく、いい…っく」

莉一は根元まで嵌め込んで悦楽に喉を震わせると、航希の呼吸を奪うように唇を重ねてきた。

熱い舌が入ってくる。

莉一へと二箇所で深々と繋がれて、航希はもう一秒も耐えられなくなる。

「っ、ん——……！」

蕩けた蜘のような粘液を散らしながら震える身体を、莉一は力強く抱き締めてくれる。

「気持ちいいかい？」

訊かなくてもわかるだろうことを訊かれて、白い残滓が性器から溢れる。

「う、う——まだ、動か、な……ぁ、あ」

深く繋がったままの器官が、ゆるやかに内部を抉りだしていた。

果てた余韻に波打つ壁を擦られていく。

「やめ…」

果てたばかりのはずなのに、身体の芯がふたたび急速に強張っていく。

「莉一……莉一っ」

「——ん、んっ」

きつく締まる航希のなかを、莉一が強い腰使いで突き崩す。全身が揺れる。その揺れが小刻みに激しくなっていく。

「ぁ、ああッ」

航希はひくっと下肢を引き攣らせた。

体液を零さずに、性器の中枢が熱く爛れた。

自分の身体がどうなっているのかよくわからないで混乱している航希を、莉一は抱き締めたまま犯しつづける。

体内に濃密な液を流し込んでも、その動きが止まることはなかった。

少し強い風が吹いたらしくて、窓がカタカタと鳴った。雨がガラスに叩きつけられる。セックスに溺れさせられながら、朦朧とした意識で航希は思う。

——……ガラス窓のなかに、やっと来られたんだ。

十五年前、槐樹の木の下で莉一と兄のキスを見ていた自分がいま、窓の内側で、莉一とキスをしている。莉一に求められ、莉一に苦しいほど深く繋がれている。

嬉しくて、意識が混濁するほどの快楽のなか、航希は汗に濡れそぼった莉一の広い背中を抱き締めた。

単調なコール音が部屋に響くのに、航希は閉じたままの瞼を蠢かせた。身体が芯からぐったりしている。

職業柄、真夜中にも呼び出されて病院に飛んでいくことがある莉一は、携帯電話の呼び出し音に敏感だ。すぐにはっきりと目を覚ましたらしい。

「ちょっと、すまない」

航希の頭の下から腕がそっと抜かれる。

「んー」

シーツに頬を擦りつけながら、航希は泣き腫らしたようになっている瞼をようやく開いた。

莉一が床へと手を伸ばしてジャケットを拾い、ポケットから携帯電話を抜く。そしてディスプレイをチェックして、ふっと眉をひそめた。通話ボタンを押して耳へと携帯を当てながら、ベッドヘッドに裸の背を凭せかける。

「采登、どうした？」

航希は思わず身体をビクッとさせて、シーツに肘をついて上体をわずかに起こした。身体は熱っぽく、あちこちが軋んでいた。

息を詰めて、莉一の横顔をじっと見上げる。

「ああ。そのことは、もういい。采登はなにも気にしないでくれ」

相変わらず、采登に対する莉一の声は優しくて、それだけで航希の胸は締めつけられる。どんなに甘やかに扱われても、所詮、莉一の一番は采登なのだ。昔もいまも、これからも。

何番目でもいいと言っておきながら、やはりつらくて、航希は肘は力なく折れた。乱れたシーツへと身を沈める。そして莉一に背を向けようとしたのだが、肩をそっと掴まれた。訝しく目を上げると、莉一が見下ろしていた。

「采登、実はいま航希といるんだ——ああ、ベッドで」

そんなことまで采登に報告するのかと、失望めいた哀しさが胸を掻く。

「事情が変わったから、クリスマスイブの晩のことを航希に報告してやってくれ」

そう言ってから、莉一は携帯電話を航希の耳へと当てさせた。

……聞きたくない。

イブの夜にふたりがなにをしたのかなど知りたくない。けれど、知らずにいることもまた、どこまでも嫌な想像を広げるばかりだ。

航希は携帯電話に手を添えて、目を伏せた。

どんなことを聞かされても堪えられるようにと、ぐっと鳩尾に力を籠める。

「兄貴。俺」

『おまえ、ホントに莉一とヤッちゃってるんだ？』

感じ悪く、間延びした調子だ。

「……」

『っと、イブの報告だっけ。それがもー凄くってさ、朝まで眠らせてもらえなかったんだよなぁ。さすがの俺も、あんなの初めてだったなぁ』

醜く歪む顔を莉一に見られたくなくて、航希は莉一に背を向けた。

「そんなに——凄かった、んだ？」

『そりゃもー、甘くて凄くて甘くて』

きっと莉一は、甘く蕩かすように采登を何度も抱いたのだ。キスも数えきれないほどして、快楽を分け合ったのだ。

痛い映像がどっと頭のなかに溢れ返る。

どのぐらい沈黙が落ちたあとだったか。采登が台詞《せりふ》を棒読みするみたいに言った。

『借金立替えとかアレコレ迷惑かけた罰だとか言ってさ。ホールケーキ三個、ひとりでまるまるだぜ？　チョコレートケーキだけならまだしも、二個はこってり生クリームだし。休み休み、マジで朝までかかって完食。次の日なんてクリスマス本番なのに、二日酔いより胃がキモチワルくてさぁ。香織には怒られるし、サイアククリスマスでした』

内容がすぐには理解できなくて、長いタイムラグののちに、航希は力の抜けきった声で呟いた。

「…………ケーキ？」

『ホントに思い出すだけで、胃がむかつく』

ううううっと、采登が呻く。

ベッドが小刻みに震える。振り返れば、莉一が声を殺して笑っていた。

ようやく、脳が情報を受け入れだす。

——なんなんだよ……。

呆然としすぎていて、憤りも喜びもまともに湧いてこない。

『報告ってこんなもんで納得？』

采登がバカにした笑いを浮かべているのが目に見えるようだ。

「納得って……ケーキ食べたぐらいで、全部なかったことにするつもりじゃ。それに、そうだ、香織さんのことはどうなってるんだよ」

『結婚するかも』

「結婚って——だって香織さんは、莉一の婚約者」

『婚約者だからこそさぁ。香織、莉一が自分のほうを向いてないって感じてたわけ。他に好きな女がいるんじゃないか、手術マニアの外科医さんが理事長とのライン強化のために政略結婚したいだけなんじゃないかって、いろいろ不安がってたの。で、相談に乗ってるうちに、じゃあ莉一を試すために一緒に逃避行でもしてみるかーってことになって沖縄《おきなわ》に飛んだら、まぁうっかり莉一に片想いしてる同士で意気投合しちゃってさ』

兄の言っていることが、ふたたび理解できない。

香織のほうの気持ちは想像できるものの、しかし、莉一の本命である采登がなぜ片想いなのか？

「なに言ってるんだよ？　だって、莉一は兄貴のことを」

『莉一がずっと本当に必要だったの、俺じゃねーもん。バカらしくって、色仕掛けする気にもなんなかったし』

軽い感じに言っているものの、采登の声はいくぶん硬かった。

「——それ、どういうことだよ」

『教えない』

「え？」

『俺の持ってないものをちゃっかり持ってるお前が、俺は大っキライだから』

「…………」

『ま、そーゆーわけだから。いまファミレスなんだけど、向かいの席で香織姫が長電話しすぎって拗ねだしてるからもう切るわ』

航希の返事を待たずに、電話は切れた。

「納得したか？」

携帯電話を莉一へと返しながら、航希は難しい顔のままだった。

「わからない」

「イブのこと、説明されただろう」

「そっちじゃなくて、兄貴が——莉一が本当に必要だったのは自分じゃないって」

その言葉の意味は、莉一もわからない様子だった。

答えに辿り着かなかった沈黙のあと、しかし莉一は静かな面持ちで告げた。

「いま、私が一番必要としているのが君なのは、間違いない」

「——」

思考回路がショートしたみたいになって、また理解に苦しむ。

自分の頭がひどく悪くなった気がして、不安になってくる。まるで理屈の通らない夢を見ているみたいだ。

「一番は兄貴だろ？」

「そうじゃない」

ものわかりの悪い子供に言い聞かせるように、莉一が顔を寄せながら囁く。

「君がいい」

キスしてこようとする莉一の肩を、航希は咄嗟に押した。

完全に諦めてきたことを、そんな急に受け入れられない。

「だって——それなら、なんで」

受け入れられないでいるのに、心臓は破裂しそうになっている。

「兄貴が一番じゃないなら、どうして、イブのとき兄貴を選んだんだよ」

「私は……まともでない人間なんだ」

莉一が吐くように続ける。

「台風の公園に君を置いていったとき、私は自分でもおぞましいほど残忍だった。君の破滅を思って、幸せだった。そんな私が、いまさら傍にいてほしいなど、間違ってる。君はきっと優しい女と温かい家庭を築ける……それができる男だ」

「っ、誰とどんなふうに一緒にいるかは、俺が自分で決めることだろ。それに」

やはり、気のせいではないと思うのだ。

雨のなかで広い背中に負ぶわれる、あの感触。

「それに、莉一はちゃんと公園に戻ってきてくれたじゃないか」

「……」

「その背中に負ぶって、俺のこと、近くの病院まで運んでくれたんだろ?」

莉一の目が揺らいだから、それが真相なのだとわかる。

残忍な気持ちに打ち克《か》って、あの暴風雨のなか、公園への坂道を戻ってくれたのだ。

「途中で間違っても、莉一は絶対に最後は正しいことをする」

たぶん、莉一は他の人間よりも、自分の弱さや醜さをまともに直視してしまうのだ。

自分に都合のいいように目を逸らして適当に受け流せないからこそ、彼は優秀な外科医なのかもしれない——そんな気がする。

「航希、君は私を許せるのか?」

改めて考えてみると、大小含めれば数えきれないほど酷いことをされた。

どれをどう許せばいいのかもわからないほどだ。

航希はちょっと自分に対して呆れ笑いをした。そして少し偉そうに答える。

「許せる。俺は昔から莉一にはどうしようもなく甘いんだ」

エピローグ

　こぢんまりした境内には、白い紗幕《しゃまく》のような春の陽射しが差している。まだらに敷かれた玉砂利はひと粒ひと粒がほのかに発光しているかのようだ。提灯《ちょうちん》を吊るした拝殿は年季が端々まで染み渡り、賽銭箱《さいせんばこ》も半ば朽ちたように古びていて、それがかえってご利益がありそうな風情を醸し出していた。

　航希《こうき》は少し落ち着かない気持ちで狛犬の前で立っている。

　腕時計を見れば、午後一時五十五分——待ち合わせの時間まではあと五分だ。それから二分後、朱塗りの鳥居をくぐって待ち人が現れた。白いシャツに生成りのジャケットとスラックスという爽やかな格好で、足早に歩いてくる。

「待たせたか？」

「俺も、いまさっき来たばっかり」

「それならよかった。しかし、この神社に来るのは十年ぶり以上だが、あまり変わらないな」

　莉一《りいち》が懐かしそうに目を細める。

　槐樹の木のある家で一緒に暮らしているのに、今日ここで午後二時に待ち合わせしようと言いだしたのは莉一だった。

かつて台風のなか、やはり午後二時にこの場所で待ち合わせをした。さっきまで甦ってきていたその時の不安感が、こうしてうららかな陽射しのなかで莉一と一緒にいると、淡雪のように溶け消えていく。

拝殿でお賽銭を投げて手を合わせてから神社をあとにする。大通りに出て、そこからバスに乗った。昔をなぞるように、一番後ろのシートに並んで座る。

いくら他の乗客から死角だとはいえ、莉一がさり気なく手を握ってくるのにドキドキさせられた。

バスを降りてから、今度は高台の公園に向けて湾曲する坂道を上りだす。道沿いには以前よりみっしりと民家が建ち並んでいた。

それでも公園の敷地に入れば、緑は豊かだ。

頭上で木々の葉がザアッと翻る。木漏れ日が細かな雨のように降りそそいだ。

ぬるみがかった風には新鮮な緑の匂いがふんだんに含まれている。

木々が途切れて視界が急に開ける。街を見下ろすように造られた遊び場に置かれている遊具は、昔のものとは違うようだった。ブランコもジャングルジムもくっきりした原色で輝いている。

ブランコに親子連れがひと組だけいたが、ちょうど三時を回った時間で、幼稚園児らしい女の子が「おやつ！　おやつ！」と高い声でねだりだす。若い母親は小さな娘の手を引いて、一緒に「おやつ、おやつ」と調子を合わせながら去っていった。

彼女たちが去ると、公園はすっぱりと他の世界から切り離されたかのように、シンとなった。ときどき吹く強い風が、耳元でヒューッと音をたてる。

木の杭を等間隔に打ってそれに横木を三本差し渡すかたちのフェンスのほうへと、莉一と航希は向かった。そして、昔、ふたりが立ったとおぼしき場所に立つ。

子供だったせいなのか、暴風雨のさなかだったせいなのか。航希の記憶のなかでは、この風景はとてつもなく凶悪で凄まじいものだった。

だが、こうして見れば、広がる空も眼下の街も、爽快なほどあっけらかんとしている。

だから航希はフェンスの横木に両手を置いて景色を吸い込むように眺めていたのだが、莉一が腕をぐっと掴んできた。

「そんなに乗り出すな」

航希は思わず笑ってしまう。そして、軽く詰《なじ》る。

「ここから、俺のこと飛ばそうとしたくせに」

莉一の横顔が神妙になる。

「怖い思いをさせたな」

でも、そもそもそこまで莉一を追い詰めたのは、自分の嘘が原因だったのだ。

「俺が——兄貴は同性愛を気持ち悪がってるなんて嘘をついたから、莉一は兄貴に知られたくなくて、無駄につらい思いをしたんだよな。自分の弱みを知ってるヤツにへばりつかれたら、誰だってたまらないと思うし」

「采登《あやと》は、あの頃の私には、決して失えない存在だったんだ」

「……そんなに好きだったんだ」

「好きだったが、それ以上に必要だった。私の病気を抑え込むために、必要だった」

航希は眉を歪める。莉一がなにか病気をしていたとは知らなかった。

「病気って？」

「中学三年に上がったころから、ときどき身体に異変が起こるようになったんだ」

言いながら、莉一は右手を目の高さに上げた。ゆっくりと指を折り畳み、そして開く。

綺麗で有益な手指だ。

「試験のときや気持ちが不安定になったとき、右手が強張ってうまく動かなくなる……そんな症状に悩まされてた。それで答案用紙に答えを書けないせいで成績がひどく落ちて、父から幾度も叱責されていた」

初めて莉一の家に上げてもらったときのことを、航希は思い出す。

父親からの電話に出たあと、莉一は蝋人形みたいに腕を硬くしていた。あれが、その症状だったのだろう。

「――おじさんには、相談しなかったんだ？」

「まともでないと知られるのが……父と同じ外科医になれない役立たずだと見捨てられるのが、怖くてたまらなかった。あの頃、うちの家庭はめちゃくちゃで、『優秀な息子』だけが家族をかろうじて繋ぎとめていたんだ」

両親揃って不倫をしているらしいというのは、当時の航希も知っていた。

「そうやって誰にも相談できずに苦しんでいるときに――采登の言葉に何度も救われたんだ。思わず彼の前で泣いてしまったこともあった」

采登が特別だったという告白に、航希の胸は素直に苦しくなる。

「言葉をもらううちに、右手の強張りも不思議とやわらいでいって……気がついたときには、采登の存在自体が精神安定剤になっていた。私はそうして、外科医になることができたんだ」

子供のころは家族を繋ぎとめておくための「外科医」だったのだろうが、いまとなっては莉一が莉一であるために欠かせないものだ。その大切なものを、兄が莉一にあげたのだ。

「……兄貴が失踪したとき俺を身代わりにしたのは、それでか」

「ああ。采登という薬を確保したかった。医者になってからは、硬直の予期不安はあったものの、ずっと異常は起こらなかった。いや、一度だけ、オペ中でないときに起こったが」

夜通し患者につき添っていた莉一の右手に異変が起きたのを、航希は目撃していた。

「それってもしかして、ＩＣＵで？」

「見られていたのか」

航希は込み上げてきた情けなさに、唇を震わせた。

「俺、莉一が兄貴のことをどれだけ必要としてたのか、全然わかってなかった」

寒いみたいに竦んだ航希の肩に、莉一の手がかかる。優しくそっと撫でられて、よけいに苦しさが胸で膨らんだ。それを言葉にして身体の外に押し出す。

「俺は、莉一がひと晩中部屋の明かりを点けて、家族の帰りを待ってたのを知ってた。夜の灯台みたいだって思いながら、毎晩毎晩窓から見てたんだ……あんなに見てたのに、肝心なことはなにも気づけてなかった」

「………夜の灯台？」

「変な言い方だけど、本当にそんな感じだったから」

「――君がそう、自分で感じた？」

莉一がなにを確かめたいのか、わからない。

「そうだけど？」

肩に触れている手にはいつしか力が籠もっていた。ぎゅっと指がめり込んでくる。

航希は訝しく莉一を見上げた。

彼の淡い色の眸は、なにかを見極めようとしているかのように、きつく細められていた。不安になるほど長い沈黙のあと、ひとつ瞬きが起こる。

「私が本当に必要としていたのが采登ではないという意味が、やっとわかった」

莉一の視線がゆっくり航希へと定まる。

「君の言葉、だったんだな」

「え？」

「夜の灯台みたいだと、采登が言ってきたんだ――私がひとりで苦しんでいた、あの頃に」

頭のなかが白くなったのちに、急に視界が開けたみたいに理解が広がった。

――そういうこと、だったのか。

夜の灯台という言葉を子供の自分が兄に語ったのは、莉一が采登にキスをするのを目撃する数日前のことだった。

航希の表情で、莉一は確信を得たらしい。

眼鏡のむこうの眸が一瞬張り詰めて、それから崩れるように和らいでいく。

弱い声が呟く。

「初めての言葉は、『ちょっとでもいいから、俺が寂しいのの穴埋めしたい』」

「…………」

ようやく、わかった。

どうして采登が急速に莉一と親しくなったのか。

昔から莉一のことが気になって仕方なくて、いろんな言葉が溢れてきて、自分はそれらを采登に垂れ流しにしていた。そして采登は、なにをどう活用すれば自分が有利なようにものごとを運べるかを熟知している要領のいい子供だった。

「何度も心を慰めてくれたあの言葉たちは、君からのものだった」

自身に言い聞かせるように、莉一がゆっくりと唇を動かす。

航希は心臓が破裂しそうな体感に、拳で自分の胸をぐっと押さえた。喉が震えてしまって、呼吸するのも難しい。

「すまない――なにも見えていなかったのは、私のほうだ」

莉一の声音から、彼もまた心臓が壊れそうになっているのがわかった。

あまりにも遠回りしすぎたことに泣きたい気持ちにもなる。兄を恨みたくなる。

でも、兄も苦しかったのだと思う。航希の言葉を利用して懐に入ったものの、莉一が必要とした本当の部分は自分のものではなかったのだ。

『俺の持ってないものをちゃっかり持ってるお前が、俺は大っキライだから』

兄ばかりが調子がいいと拗ねていたけれども、兄もまた自分にない能力を弟に見て苛立っていたのだろう。

航希は泣き笑いの表情になる。

「まぁ、でも、いいか」

「よくないだろう。私はずっと思い違いをして、何度も君を傷つけた」

「……兄貴の口を通してでも、俺の言葉がちゃんと莉一に伝わって、それが莉一の力になってたんなら、俺はすごく嬉しい」

あの頃、航希は毎晩のように窓に張りついて、隣家にぽつんと点された莉一の部屋の明かりを見ていた。

帰って来ない莉一の両親の代わりに、いますぐにでも莉一のところに行きたかった。

でも、自分が行っても莉一は喜んでくれない。それがせつなくて、もどかしくて。

……莉一にとって、価値のある人間になりたかった。

そしていま、出会った九歳のころから十七年目にして、名実ともに、なりたかった自分になれている。

どんな夜も、自分は莉一の許に帰りつく。莉一は自分の許に帰りつく。

それが自然なことで、心が満たされることで――。

莉一がそっと腰を掴んでくる。

抱き寄せられて、間近に眸を覗き込まれる。

「本当に、航希は私のことを想ってくれてきたんだな」

レンズのむこうの目が満ち足りた光を浮かべていることが、航希は嬉しくてたまらない。

こういう目を、子供のころの自分は莉一にしてほしかったのだ。

道端の石ころぐらいありふれた幸せを、莉一に与えたかった。

「仕方ないだろ。好きなんだから」

「——それは確かに、仕方ないな」

小さく笑って、莉一が俯く。唇が淡く触れ合う。

こうやって言葉を交わして唇を交わして、自分たちは恋も苦しみも誤解も、すべてを溶かし合っていくのだろう。

わずかに唇が離れて、莉一が濡れた睫を揺らめかせた。

そして、少し困った顔で打ち明けてくれる。

「いまも昔も、おかしくなりそうなぐらい、私は君のことばかり想っているな」

つつがない夕食

クライアントを応接室から送り出してデスクに戻ろうとした航希《こうき》は、他人の椅子に我が物顔で座った夏目《なつめ》と、その横に立つ宮野《みやの》を見つけた。

どうやら、夏目が手にしているノートをふたりで眺めているらしい……そのノートが最近、自分が持ち歩いているものだと気づいて、航希は慌てる。

「ちょっと、なに勝手に見てるんですかっ」

取り返そうとすると、夏目はノートをひょいと宮野に手渡した。宮野がにっこり笑う。夏目からは力ずくで奪い返せても、宮野にはなんとなく手を出しづらい。

航希の椅子に居座った男がくだらなそうに鼻を鳴らす。

「最近、休憩時間になるとそれ眺めてにやついてるから、なにかと思ったら、ちまちました手書きの料理レシピとはなぁ」

「使えるレシピが見やすくまとまってるサイトがあるから、教えようか？」

やわらかな口調で言う宮野を、夏目がちらと見上げる。

「へぇ、宮野って料理すんのか？」

「料理は趣味ですから」

「じゃあ今度、食いに行ってやる」

「けっこうです」

そのまま脱線していってくれることを祈ったが、夏目がパッと視線を航希へと戻した。

ヤメ検の無駄に鋭い眼光を当てられる。

「で、なんで料理レシピなんだ?」

「別に……俺、俺も最近、料理に目覚めただけで」

「へー?」

さりげなくノートをぱらぱらと見ていた宮野が、納得したようにひとつ頷いた。

「ああ、そういうこと」

「どーした?」

「これ、いわゆるお袋の味だと思います。隠し味の傾向からみるに」

指摘は正しかった。

すべて母親から電話で聞いたものだ。

「おやおやおや、世良《せら》先生はママの味でないとダメでちゅか」

「気持ち悪いです」

航希と宮野の感情の籠《こ》もった声が、まるごと重なる。

思わず顔を見合わせて噴き出す。宮野がノートを返してくれながら、耳元でそっと囁《ささや》いてきた。

「料理は、食べてくれる人がいるとやりがいがあるね」

普通の言葉だけれども、なまめかしい含みがある。

「……」

航希は賃貸マンションを引き払い、いまは莉一《りいち》の家で暮らしている。当然、事務所にも同僚たちにも住所変更は伝えてあった。

だから、航希が仙道《せんどう》国際病院の志筑《しづき》莉一と暮らしているのは、周知のこととなっている。それでも男同士だから同棲と見破られることはないだろうと高を括《くく》っていたのだが、どうやら宮野は正しく察しているらしかった。観察力が高いのか、あるいは、恋愛事を熟知しているのか。おそらく、その両方なのだろう。

少し熱くなってしまった頬に、航希はひんやりしたノートの表紙を軽く当てた。

紫陽花《あじさい》が道々に咲く六月の夜のなか、膨らんだスーパーのレジ袋を手に我が家に帰る。家着に着替えて、黒いエプロンをする。Tシャツの七分袖を肘まで捲《まく》って、料理に取り掛かる。

頻繁に覗き込む件《くだん》のノートには、四箇所に付箋《ふせん》が貼ってあった。今日、作る料理の箇所だ。

下拵《したごしら》えが終わり、鍋を三つ使って調理を進めていく。ひとり暮らしをしていたころは滅多に自炊などしなかったが、正式に莉一と暮らすようになってからはよく台所に立つようになった。いまでは包丁使いもだいぶ慣れてきて、少しは料理のコツがわかってきた。

『料理は、食べてくれる人がいるとやりがいがあるね』

まったく宮野の言うとおりだ。

——そのうち、夏目さんが無理やり押しかけていって、宮野さんの手料理を強奪しそうだよな。

想像すると楽しくなる。

お浸し用のほうれん草を湯切りしながら、気がついたら鼻歌を歌っていた。そうしながらも、耳はいつも玄関のほうに意識を向けている。

ようやっと、待ちかねていた玄関ドアの開かれる音がした。

「今日はまた、ご機嫌だな」

莉一がキッチンを覗いて、唇を緩める。

こんなやわらかい表情を、莉一はよく浮かべるようになった。

「莉一の好きなものばっかりだから楽しみにしててよ。風呂沸かしてあるから入ってくれば？」

航希の背後を通り抜けた莉一が、小鍋の蓋を取る。ふっくらとした色合いの赤と白が覗く。豆腐と人参と白ゴマの煮付けだ。これまで何度も作ったが、食べるたびに莉一は本当に美味そうな顔をしてくれる。

半月ほど前の食事の席での会話を航希は思い出す。

『莉一って、地味な料理好きだよな』

その時も、莉一の箸は赤と白の煮付けを掬《すく》っていた。伏せられている目元はやわらかい。

『この料理、家政婦に頼んで作ってもらったこともあったんだが、どうしても微妙に味が違っていたんだ……私にとっては、航希の家の味が、家庭の味になっていたんだな』

当時のことを、航希は振り返る。

莉一を食事に誘ってもらうために、航希は兄に大切なトレーディングカードを何枚も差し出したものだ。

――でも兄貴も本当は、莉一を誘いたい気持ちがあったのかもな…。

航希の言葉を使って莉一の心を掴むのに成功したものの、本当に必要とされているのは自分ではないという不全感に常に苛《さいな》まれていたのだろう。面白くなくて、腹立たしくて、航希を罰するためにカードを取り上げていたのかもしれない。

身勝手ではあるけれども、航希は最近、そんな兄のことをけっこう好きだと思えるようになってきた。

兄と香織《かおり》の結婚は、立ち消えになりそうな感じだ。なにぶんにもホスト相手なので、香織の父親も難色を示し、また莉一への片想いという共通項が新鮮さを失ったことで互いに冷静になってきてしまったらしい。

采登《あやと》はときおりふらりと、この家にやってくる。

三人で囲む夕食も、いいものだ。

……ふと我に返ると、莉一がまだ横に立っていた。それこそ、鼻歌でも歌いたそうなほど機嫌のいい表情をしている。

「なんかいいことあったのか？」

ほうれん草に包丁を入れながら尋ねると、莉一が背後に立って腰を抱いてきた。耳に吐息がかかり、喉元がスッとするようなひんやりした匂いがほのかに漂う。莉一の匂いだ。

「真田《さなだ》教授が帰国することになった」

その報告に、航希は肩越しに後ろを振り返る。

「それじゃあ、治療のほううまくいったんだ？」

「ああ。電話で話したが、お元気そうだった」

「そっか。よかったな」

莉一が頷《うなず》く。

レンズ越しの至近距離にある眸《ひとみ》は、わずかに湿っているようだった。莉一がいかに真田を敬愛しているかが伝わってくる。

——俺にとっての園部《そのべ》所長みたいな存在なんだよな。

真田教授を園部に置き換えて想像すると、航希もまた鼻の頭が赤くなってくる。料理の湯気ですでに頬は火照っていたから、顔全体がみっともなく色づいているに違いない。そんな顔を間近に見られるのが気まずくて、航希は顔を背けようとしたのだが。

背ける前に、唇に肉の薄い唇が重なってきた。押しつけるだけのキスなのに、航希は握っていた包丁をまな板のうえにゴトリと手放してしまう。

「ん……ん」

わずかに唇が離れる。

「舌を出してごらん」

航希は躊躇《ためら》いながらも、言葉に従う。

唇からそろりと覗かせた舌先に、ぬるっとしたなまなましい感触が生まれる。

露わになった舌同士が互いを押し潰す。粘膜で触れ合ういやらしさに、眸も口のなかも、性器の中枢までも、濡《ぬ》れていく。

エプロンの下へと、莉一の手が這い込んでくる。カーゴパンツのウエストボタンを外されたところで、ようやっと航希はわずかに理性を取り戻す。エプロンのうえから男の手首を掴んだ。

「あと……後で」

莉一は無言のまま左手を伸ばすと、料理の火を止めた。

やめる気はないのだ。

カーゴパンツと下着をずり下ろされる。黒いエプロンは、臀部《でんぶ》の中央は隠していない。

覗いている双丘の狭間へと莉一が指を這い込ませる。

食材を調理している場でそんな場所をまさぐられるのは、後ろめたいようないたたまれなさだった。

それでも、莉一にすっかり懐柔されてしまっている蕾は、過敏に反応する。反応すまいとするほど、あられもなくヒクつく。

「もう興奮してるのか」

からかう意地悪さが声に籠もっている。

莉一は以前とは比べようもないほど優しくなったけれども、こういう時の苛み方はあまり変わらなかった。

そして、航希のほうもまた、いくらか酷《ひど》く扱われるほうが、より心も身体も感じてしまう。

「――なんか、変態っぽい…」

「普通のことだろう」

ぞくりとする声で囁きながら、莉一は自身のスラックスの開いた前から露わにしたものを、航希の尻のあいだへと押し込んできた。それは完全な欲望を示して濡れそぼっている。淫猥《いんわい》な感触をそこに擦りつけられて、航希の下肢全体に力が籠もる。

「う…」

先端部分を閉じたがる臀部に潰されて、莉一が短く呻《うめ》く。

その呻き声が、背骨に甘く響いた。航希は腰をきつく捩《よじ》る。独特の体感に下腹を見れば、エプロンの前が不自然に持ち上がっていた。

莉一の長い指が航希の首を這い上り、髪をゆるやかに掻き乱しながら熱くなっている頭を辿る。そうして、頭を両手でやんわりと挟み込む。

首筋が伸び、丸まっていた背筋が立ち、後ろの莉一に背中で寄りかかるかたちになる。余計にエプロンの前が卑猥《ひわい》に張った。

背後の男がゆるゆると腰を使いはじめる。

臀部の狭間や会陰部へと、筋を浮き立たせたものが擦りつけられる。擦られる肌が灼けるように熱くなって、腰が弓なりになる。

「ぁ……あ…」

航希の閉ざしていたはずの臀部は、いつしか後ろへと突き出すかたちで狭間を開いてしまっていた。

下肢の衣類は腿の半ばまでしか下ろされておらず、エプロンも臀部の左右を隠している。

実際に露出している場所は少ない。莉一のほうも、ジャケットを着てスラックスも穿《は》いたまま、性器だけ露出している格好だ。

互いに剥き出しになっている場所はわずかなのに、息を乱すほどの淫靡《いんび》なおこないに耽《ふけ》っているのだ。

疼く窄まりに、熱い圧迫感が生じた。

「あぁっ」

ほんの先端部分だけが入り込んでくる。

それだけの繋がりで、航希の膝は緩み、頼りなくなる。

深い場所が穿《うが》たれるのを待っているのに、しかし莉一はそれ以上は結合を深めようとしなかった。

「……ふ…、は」

生殺しの行為に、航希の呼吸はどんどん乱れていく。身体の芯が狂おしく引き攣《つ》れていく。耐えられなくて、ついにねだってしまう。

「れ、て——挿れて、くれよっ」

「なかに出したら、後始末が大変だろう。料理中なのに」

「う、う…」

嗚咽《おえつ》じみた呼吸を漏らすと、莉一が「仕方ないな、君は」と呟く。もどかしいほど少しずつ、繋がりが深まっていく。

「ぁ——ぁ、んー、……ん」

目の前に莉一の手が現れる。長い指に、白いハンカチが開かれていく。それがエプロンの下へと差し込まれた。

時間をかけて、性器の長さのぶんだけまるごと体内を押し開かれた瞬間、航希は身体を激しく跳ねさせた。ハンカチに包まれた場所で呆気なく欲が爆《は》ぜる。すべてを受け止められ、さらに性器を綺麗に拭われる。身体の奥底から硬いものがゆっくりと抜かれていく。

半ばシンクに身を伏せるようにして息を乱している航希は、ハンカチに溜まった白い粘液を見てしまう。それだけでも無性に恥ずかしいのに、莉一はシンクに腰を預けると、そのとろとろになっているハンカチで、おのれの性器を包んだ。ぐちゅっと湿った音がたつ。

「ん、くっ」

莉一が喉を軽く反らす。

布のうえで混ざっていく体液を見せつけられて、航希はシンクに掴まっていることもできなくなる。膝が深く折れて、床に座り込んでしまった。

重くなったハンカチを畳むと、莉一が床に膝をつく。

そして、本当に困ったような顔をした。

「料理を楽しみにしてるのに、もっと邪魔をしたくて仕方ない」

「……」

呆《あき》れて、おかしくなる。笑いながら、航希は莉一の首に両腕を回した。

「失敗作になっても、責任持って完食しろよな」

あとがき

こんにちは。沙野風結子《さのふゆこ》です。

ガッシュ文庫さんでは初めてのお仕事となります。よろしくお願いいたします。

本作は、二〇〇七年三月にアイノベルズから出版になった「くるおしく、きみを想う」の新装版です。加筆修正あり書き下ろしあり。表現だけでなく内容部分にも手を入れたため、タイトルを微変更しました。

初出のとき、もっとこういう方向に話をまとめたい…というのがありつつ、力不足でそこまで持っていけなくて心残りだったので、こうして大きく改稿できる機会をいただけて嬉しかったです。

今作の主人公の航希。ぞんざいにされて燃えてる彼は、きっとマゾなんでしょう…。で、莉一や采登のサド心をチクンチクンしてるんじゃないかと。

と、キャラのせいにしてみましたが、根本的に嫌よ嫌よエロを書くのが大好きなので、このカップルの濡れ場は書いていて本当に楽しかったです。今回、読み返してみて、やっぱり我ながらイキイキしてました。

でも濡れ場でないシーンも気に入っている部分が多くて、自分が自分のために書いた贅沢エゴ話という面が大きいです。なので、雰囲気やらなにやら、もし一緒に楽しんでくださる方がいたら、とても嬉しいです。

イラストをつけてくださり、また新たに表紙を描き下ろしてくださった朝南《あさなみ》かつみ先生、本当にありがとうございます。莉一も航希も采登も、ひんやりしながら鮮やかで色っぽくて、何度見てもたまらない気持ちになります。

担当様にもたいへんお世話になりました。この作品を気に入って新装版の機会をくださり、さらに改稿の相談にも丁寧に乗っていただけて、とても感謝しています。

そして最後になりましたが、本作を手に取ってくださった皆様、ありがとうございます！

アイノベルズ版の表紙は両面口絵として再収録されています。また、当時おまけポストカードについていたSSは、表紙のカバー下にこっそり収録されています。

それと、脇キャラの夏目と宮野のクリスマスイブ小話を、ガッシュさんの小説アンソロジー「小説ガッシュ」に載せていただきますので、興味のある方は読んでみてくださいね。夏目が宮野にブンブン振りまわされてます。

＊沙野風結子＊

http://www.kazemusubiom/

あとがき

イラストを担当しました朝南かつみです。

せっかくなら挿絵も新装できればよかったんですが……。

当時、裸＆首締め表紙にOKを出してくれた沙野先生と担当様にはとても大きな勇気をもらいました。おかげで思いきって裸を描くようになりました。

ありがとうございます。たいへん思い出深い作品です。

くるおしく君を想う
（アイノベルズ『くるおしく、きみを想う』を改稿）
つつがない夕食
（書き下ろし）

くるおしく君を想う
2010年10月10日初版第一刷発行

著　者■沙野風結子
発行人■角谷　治
発行所■株式会社 海王社
〒102-8405
東京都千代田区一番町29-6
TEL.03(3222)5119(編集部)
TEL.03(3222)3744(出版営業部)
www.kaiohsha.com
印　刷■図書印刷株式会社
ISBN978-4-7964-0090-9

沙野風結子先生・朝南かつみ先生へのご感想・ファンレターは
〒102-8405 東京都千代田区一番町29-6
(株)海王社 ガッシュ文庫編集部気付でお送り下さい。

蛍火

栗城 偲

イラスト／麻生ミツ晃

大学教授の宮地洸一と小説家の塚原千里は、二十年来の「恋人」。しかし、一緒に暮らしながらもセックスどころか会話すらない日々。ある日、些細な諍いから洸一は家を飛び出す。一方、千里は部屋で互いを想い合っていた頃を思う。かつてはあんなに愛しく想い、添いとげようと決めた相手だったのに――。

紳士は愛で欲望を隠す

真先ゆみ

イラスト／カワイチハル

天涯孤独の紗雪を引き取ってくれた弁護士の詠二。優しく包んでくれて、紗雪の心は癒された。――高校生になって、紗雪の詠二への想いは「恋」になった。詠二が愛情を注いでくれてるのはわかってる。でも、欲しいのは違う「愛」。――それは、どんなに背伸びしても、手に入らない物ですか…？

信じてないからキスをして

火崎 勇

イラスト／梨とりこ

綺麗な見た目に反して堅物と評判の新人検事・千条には、捜査一課の刑事・加倉井のいい加減な仕事態度が許しがたい。だが、ある事件に関わったとき、加倉井が真剣なまなざしで協力を求めてくる。捜査をともにするうち、彼の真摯な姿勢を知る千条。やがて、加倉井を愛するようになるが…。

Heimat《ハイマート》 Rose《ローゼ》 —繋囚—

鈴木あみ

イラスト／夢花李

流刑島・ヴァルハイ。数年前から囚われの身であるチュールは、嵐の翌日、浜で怪我を負った高貴な美貌の青年・レイを助けた。無実の罪で流刑になったという彼は、自分を陥れた男への復讐のため島からの脱出を図る。その圧倒的な強さと垣間見せる優しさに魅せられ、チュールはレイを愛しはじめるが……。

サンクチュアリ

杏野朝水

イラスト／いさき李果

恩ある社長から子息の世話役を与えられて十一年、川名進は彼の専務就任とともに東光コンツェルンの中核企業で秘書となった。夏来が逞しく精悍な男になるのを見つめ続け、補佐だけに専念した。…冷静な秘書の顔で欲望をひた隠しにして。だが過去の恋人を知った夏来に、進は熱烈に求められて…。堕ちてはいけない恋。

魔性の男、躾けます！

松岡裕太

イラスト／萌木ゆう

水原斗基、十代にして魔性の男。彼の眼差しに、すべての者は魅入られる——。その美貌を利用して、母親の借金返済のためホストクラブで働いていた斗基は、ある夜、ボディガードを伴った高校生・龍一と出会う。龍一が政治家の長男だと知り、誘拐して身代金を要求しようとするが、逆に拘束されてしまい…!!

恋と太陽と完熟トマト

伊郷ルウ
イラスト／麻生 海

食品会社の研究所に所属する伊吹は、トマトの品種改良のため、山間部にある農家を訪れた。そこで農家の長男・大迫太陽に惚れられてしまう。よく言えば純朴な好青年、伊吹から見ればあけっぴろげで粗野な太陽に伊吹は嫌悪感を持っていたが、真剣なまなざしと力強い抱擁で熱い気持ちをぶつけられ、なぜか跳ね除けられなくて——。

恋の契約は偽りとともに

水島 忍
イラスト／ホームラン・拳

尚也は身内の借金のカタに、御曹司の遼司の愛人にされてしまう。しかし、遼司は住み込みの家政夫として雇ってくれた。ほっとする尚也だったが、ある日、豹変した遼司に無体に身体を開かれる。もともと契約愛人だからと割り切っていたけれど、抱かれるたびに心は傷ついていく。この想いは…何？

大型犬は恋をねだる

朝香りく
イラスト／六芦かえで

手の負傷で美容師をやむなく辞め、ゲイ専門のホストクラブで働く愁也。気が向けば客に身体も許すような自堕落な日々のある夜、好みの男を半ば強引に誘い、ベッドイン。火遊びのつもりだったのに衝撃の告白をされる。彼・加賀宮は美容師時代の顧客だった。あの純朴な少年がこんな男前に!?

KAIOHSHA ガッシュ文庫

その刑事、天使につき

剛しいら
イラスト／ひたき

検察官の出水は、検察庁に出向してきた刑事の瑞樹と共に仕事をすることになった。お坊ちゃん体質でおっとりしている瑞樹に、気の短い出水は苛々してしまう。しかし、誠実で純真無垢な瑞樹に次第に惹かれていく。捜査のため出水の部屋に寝泊まりしていただけなのに、瑞樹への欲望を抑えきれず…？

紫炎 special buddy

橘かおる
イラスト／サマミヤアカザ

パリ・オペラ座、機密情報の受け渡しで国際警察機構の刑事・轟憲吾はアンリ・ドワイエという美貌の男と出会う。思わぬ状況からアンリと一夜の契りを結んだ憲吾。だがボディガードを務めるアンリと共に、マフィア子息の警護に就くこととなる。怜悧な仕事の顔と妖艶な夜の顔——アンリの魅力に憲吾は翻弄され…!?

記者と番犬

洸
イラスト／佐々木久美子

急遽、温泉取材を引き受けることになった週刊誌の記者・吉岡は、カメラマンとなった弟分の多岐と再会する。犬のように懐いていた幼いままの笑顔で、傍にいるだけで嬉しいと言う一途な多岐に、番犬付き生活の快感を知る吉岡。だが、多岐に押し倒されて…。番犬が反抗期!?

KAIOHSHA ガッシュ文庫

STEAL YOUR LOVE -慾-

妃川 螢

イラスト／小路龍流

高校の同級生・不動と人気俳優の柊士は恋人同士。ホストだった不動が、代議士秘書に華麗なる転身を遂げて、以前より会う時間はずっと減った。だが違う世界で切磋琢磨する姿は刺激となり、仕事も恋も順調と思った矢先、スキャンダルが持ち上がる。芸能界と政界で如月と不動は、慾に塗れた現実を知る。…この恋、破綻寸前!?

秘書のイジワルなお仕置き♥

森本あき

イラスト／樹 要

新米弁護士の昌弥は、憧れていた有能な秘書の岩根が自分につくと知って仰天。だけど、彼に事務所の看板弁護士・植木のことが好きだと誤解されてしまう。淡々とした口調で変なモノを飲まされた昌弥は何度もイカされてしまう。意地悪なコトされてるのに体は熱くなって…？ 書き下ろし番外編を収録した完全版！

くちづけで世界は変わる

神楽日夏

イラスト／みなみ遥

運命の相手との交わりで発情期を迎え、性別が決まる一族・ルルフォイ。発情期に美貌に変容する彼らは、貴族の男性に望まれて女性になるのが常。そんな一族の中で、リュリは出生時から男性体。変容が叶わない自分は伴侶と巡り会えないだろうけれど、友がいるから…。そう心を慰めていたリュリだったが…!?

ガッシュ文庫

小説原稿募集のおしらせ

ガッシュ文庫では、小説作家を募集しています。

プロ・アマ問わず、やる気のある方のエンターテインメント作品をお待ちしております！

応募の決まり

[応募資格]

商業誌未発表のオリジナルボーイズラブ作品であれば制限はありません。

他社でデビューしている方でもＯＫです。

[枚数・書式]

40字×30行で30枚以上40枚以内。手書き・感熱紙は不可です。

原稿はすべて縦書きにして下さい。また本文の前に800字以内で、作品の内容が最後まで分かるあらすじをつけて下さい。

[注意]

・原稿はクリップなどで右上を綴じ、各ページに通し番号を入れて下さい。
また、次の事項を１枚目に明記して下さい。

タイトル、総枚数、投稿日、ペンネーム、本名、住所、電話番号、職業・学校名、年齢、投稿・受賞歴（※商業誌で作品を発表した経験のある方は、その旨を書き添えて下さい）

・他社へ投稿されて、まだ評価の出ていない作品の応募（二重投稿）はお断りします。

・原稿は返却いたしませんので、必要な方はコピーをとって下さい。

・締め切りは特別に定めません。採用の方にのみ、３カ月以内に編集部から連絡を差し上げます。また、有望な方には担当がつき、デビューまでご指導いたします。

・原則として批評文はお送りいたしません。

・選考についての電話でのお問い合わせは受付できませんので、ご遠慮下さい。

※応募された方の個人情報は厳重に管理し、本企画遂行以外の目的に利用することはありません。

宛先

〒102−8405　東京都千代田区一番町29−6
株式会社 海王社　ガッシュ文庫編集部　小説募集係